Bi

D0661507

BAILE DE DESEO
Bella Frances

Editado por Harlequin Ibérica.
Una división de HarperCollins Ibérica, S.A.
Núñez de Balboa, 56
28001 Madrid

© 2018 Bella Frances
© 2019 Harlequin Ibérica, una división de HarperCollins Ibérica, S.A.
Baile de deseo, n.º 2720 - 21.8.19
Título original: The Tycoon's Shock Heir
Publicada originalmente por Harlequin Enterprises, Ltd.

I.S.B.N.: 978-84-1328-127-8
Depósito legal: M-20697-2019
Impreso en España por: BLACK PRINT
Fecha impresion para Argentina: 17.2.20
Distribuidor exclusivo para España: LOGISTA
Distribuidor para México: Distibuidora Intermex, S.A. de C.V.
Distribuidores para Argentina: Interior, DGP, S.A. Alvarado 2118.
Cap. Fed./Buenos Aires y Gran Buenos Aires, VACCARO HNOS.

Capítulo 1

ERA VIERNES por la tarde. El mejor momento del mundo. La semana laboral había terminado y la fiesta estaba a punto de empezar porque, a juzgar por lo que Matteo Rossini había oído, iba a haber una buena fiesta.

Salió del coche, se aflojó la corbata y, para terminar el día, se dirigió a su avión privado, que lo llevaría de Roma a Londres, y se dispuso a llamar a la Directora General, la *signora* Rossini, su madre.

Atravesó la cabina y se sentó frente a su escritorio dispuesto a beberse la cerveza de los viernes, salvo que no se la habían servido.

Dejó su maletín en el asiento vacío y miró a su alrededor. Tampoco estaba su asistente, David, y eso era muy extraño. Siempre hacían lo mismo: la cerveza, la llamada, algo de agua, algo de prensa, una ducha y cambio de ropa, el coche preparado en Londres, en ocasiones una mujer, otras, no. Esa noche no. Iba a ir a ver un combate de boxeo, a apostar y a estar con los amigos, pero antes tenía que hablar con su madre y darle la noticia.

Se sentó y marcó el número. Volvió a mirar a su alrededor. ¿Dónde estaba David?

Oyó que abrían una botella de cerveza y se giró justo en el momento en el que empezaba a dar tono la llamada. Primero se fijó en las piernas, después, en el vestido rojo. Aquel no era David. Frunció el ceño y vio cómo le dejaban la botella delante. Alguien tendría que darle una explicación.

–Hola, mamá, soy yo.

–¡Matteo! Precisamente iba a llamarte.

–Pues ya está hecho. Tengo algo que contarte.

–De acuerdo, tú primero.

A él se le aceleró el corazón.

–Augusto Arturo ha decidido vender por fin.

–¿De verdad? ¿Después de tanto tiempo? Es una noticia increíble.

Matteo agarró la botella, estaba de acuerdo con su madre.

–¿Y cómo te has enterado?

–Ha sido sencillo. Oí unos rumores e indagué. Dicen que está harto, que quiere marcharse y que nosotros somos los únicos interesados…

Se interrumpió, a pesar de los miles de kilómetros que los separaban, Matteo pudo imaginar la expresión de su madre, de dolor y anhelo.

–¿Estás completamente seguro?

Él hizo una pausa. No merecía la pena fingir.

–Somos los únicos realmente interesados. He oído que Claudio va a darse por vencido, pero ya sabes lo malo que es. Su reputación ha llegado hasta Suiza y te garantizo que no tendrá ninguna posibilidad.

–Matty, no quiero que te metas tú.

–Ya sabes que es el momento, mamá. Claudio se marchó con la mitad de nuestros clientes y los voy a recuperar. Si nos fusionamos con Arturo seremos imparables. Puedo hacerlo, te lo prometo.

–No quiero promesas, Matty. No quiero que te vuelvas loco como tu padre. No merece la pena.

Él suspiró y soltó la botella. Ya había sabido lo que iba a decirle su madre y la comprendía, pero no tendrían otra oportunidad como aquella.

–No puedo dejarlo pasar, ya lo sabes –le dijo él en voz baja–. Venga, mamá. Por papá. No podemos permitir que Claudio vuelva a ganar.

Esperó a que su madre respondiera, pero el avión despegó en silencio. Él se la imaginó con el ceño fruncido por la preocupación, angustiada.

Pero era Coral Rossini y él, su hijo…

–Tienes razón. Eso no puede ocurrir –le dijo esta por fin–. No podemos quedarnos sentados esperando a que vuelva a quitárnoslo todo.

–Exacto.

–Pero tienes que prometerme que, si intenta algo, lo dejarás, Matteo. Prométemelo. No puedo perder a mi marido y a mi hijo.

Él recordó a su padre volando sobre el salpicadero del coche y apretó la mandíbula con fuerza. Algún día Claudio pagaría por ello.

–No tienes de qué preocuparte, mamá.

–Por supuesto que sí. No soportaría que te ocurriese nada.

Matteo oyó cómo se le quebraba la voz y aquello lo mató. Tenía más fuerza y resiliencia que nadie en el mundo. El hecho de ser capaces de mencionar el nombre de Claudio en una conversación era una muestra de lo lejos que habían llegado. Claudio había sido como de la familia, el mejor amigo de su padre, su abogado de confianza y, después, su socio, y los había traicionado. Lo había vendido todo y se había marchado. Y les había destrozado la vida.

Habían tenido que ir paso a paso para intentar salvar Banca Casa di Rossini, el banco privado de los italianos ricos.

—Lo único que va a ocurrir es que vamos a volver a levantar el banco. Aunque no consigamos todos los clientes de Arturo, superaremos a Claudio. Eso es lo que importa, ¿no?

El avión llegó a una zona de turbulencias y Matty vio por la ventanilla cómo una espesa nube gris cubría el paisaje. Ni siquiera una tormenta iba a conseguir desanimarlo. No con aquel arco iris en el horizonte. Hacía años que soñaba con aquello.

—¿Y el nombre? Tal vez habría que cambiar el nombre del banco. ¿Has pensado en ello?

—Por supuesto. BAR. Banca Arturo Rossini. ¿Qué te parece?

—Oh, Matty…

Él se sentía tan ilusionado como su madre. El banco había estado en su familia durante varias generaciones. Era una cuestión de vida o muerte.

—No es lo que quiero, pero si es el único modo… ¿De verdad tenemos una oportunidad, hijo?

Él levantó la vista cuando la mujer del vestido pasó por su lado. Volvió a mirar sus piernas. Muy bonitas. Y el modo en que la falda se ajustaba a sus elegantes pantorrillas despertó en él una sensación indeseada.

—¿Matty?

—Sí, tenemos una oportunidad —respondió él, intentando centrarse–. No hay otro banco que huela tanto a dinero y valores antiguos. Claudio ha convertido el suyo en otra centralita orientada a las ventas. No es seguro, ni sólido, ni honesto. Nosotros somos únicos. Estamos detrás de Arturo en cuanto a estatura.

–Lo sé. Esperemos que sea estatura y honestidad lo que él está buscando.

–Lo más importante va a ser la química. Y el hecho de no haber salido todavía a Bolsa. En eso estamos por delante de Claudio, independientemente de la oferta que le haga. Estoy seguro. De hecho, estoy tan seguro que te apuesto a que me invitan a casa de Arturo durante la regata Cordon D'Or. Vamos a ir poco a poco, pero allí es donde pretendo empezar.

Se giró al oír que servían agua. Le dejaron delante un vaso. Vio unos dedos largos y elegantes, seguidos de unos brazos también largos y elegantes, desnudos, porque el vestido no tenía mangas. Y a un ángel con hoyuelos en las mejillas que le sonreía.

Estaba demasiado ocupado como para distraerse. Volvió a preguntarse dónde estaría David.

–Eso será el comienzo, pero va a hacer falta algo más que hospitalidad durante el Cordon D'Or para ganárselo. Es el último de la vieja guardia. Será mejor que tengas tu perfil en las redes sociales bien limpio. Si intuye algún escándalo retirará el puente levadizo antes de que te hayas acercado a él.

–No te preocupes, no habrá más escándalos.

Lamentaba que los hubiese habido en el pasado. Golpeó la ventana con los dedos y siguió con ellos las gotas que iban resbalando por el cristal. Nunca había tenido problemas con su imagen hasta que había llegado su última ex, *lady* Faye, que le había vendido la historia de su ruptura a la prensa y había dicho que Matteo era capaz de destrozar la vida de cualquier mujer, prometiéndole que se casaría con ella para después dejarla.

Pero aquella no era la verdad. Él nunca prometía nada.

A lo largo de los años había ido desarrollando una fobia al compromiso. Estaba casado con su trabajo y no volvería a comprometerse con ninguna otra mujer como lo había hecho con su primera novia, Sophie.

Había perdido a su padre, había perdido el rumbo en la vida y, después, a ella. Y jamás volvería a ser tan vulnerable.

—Tenías que haber dejado que David se ocupase de eso. Al menos, el daño habría sido menor.

—No es mi estilo. Me niego a jugar los juegos de los medios. Y no voy a meterme en una discusión acerca de un tema que solo es asunto mío. Faye estaba enferma. Es la única explicación. Ella creía en algo que no era real y, cuando no ocurrió, decidió ir a la prensa, pero si yo me hubiese metido habría sido peor. Solo habría conseguido prolongar esa triste situación.

—Lo sé, pero como te negaste a hacer ninguna declaración, la gente piensa que eres un paria. No soporto que piensen mal de ti, sabiendo cómo eres en realidad. Me disgusta mucho leer esas cosas.

—Pues haz como yo y no las leas.

Oyó suspirar a su madre y no le gustó.

—Lo siento, mamá, pero no puedo dar marcha atrás en el tiempo.

La mujer de rojo estaba guardando algo en el armario superior, sus brazos eran esbeltos y pálidos como unos lirios de tallo largo, y sus movimientos, elegantes. Llevaba el pelo recogido en una coleta morena, larga y brillante. Se giró a mirarlo, había inseguridad en sus ojos oscuros. Matteo conocía aquella mirada, sabía adónde podía llevar…

—Espera —fue hasta el dormitorio, que estaba al otro lado del avión, y cerró la puerta—. ¿Sabes algo de David? No está aquí y hay una mujer en su lugar. No suele mandar a nadie así, sin avisar…

—Ah, supongo que te refieres a Ruby. ¿Qué te parece? ¿Verdad que es encantadora?

—No se trata de eso —le respondió él.

—No te disgustes, Matty. Yo tengo mucho trabajo, así que le he pedido a David que termine el desarrollo de la marca con la nueva agencia de publicidad. No hay nadie que conozca nuestro negocio como él.

—¿Y me has dejado a mí con la nueva?

—Conozco a Ruby —le dijo ella—, y a mí me impresionó. Aprende muy deprisa y creo que os llevaréis bien. Y te devolveré a David el lunes.

Él tuvo la sensación de que su madre le ocultaba algo.

—¿Y por qué va vestida así? Lleva un vestido muy bonito, pero no es lo más adecuado para venir a trabajar. ¿No se te estará olvidando contarme algo?

Como el mes anterior, que se le había olvidado decirle que tenía que dar un discurso después de una cena. O cuando había tenido que presentar un premio en una guardería a la que financiaban. Su madre se estaba acostumbrando a pedirle favores de última hora relacionados con sus labores benéficas.

—Ah. Ahora que lo dices…

Ahí estaba.

—Me temo que yo todavía estoy en Senegal y hay un acto que habría que cubrir esta noche. De todos modos, vas a estar en Londres, y no está lejos de tu casa. Y, ¿quién sabe? ¡Tal vez consigas que la prensa diga algo bueno de ti! Eso sería estupendo, ¿no, Matty? ¿Sigues ahí?

Matteo supo que debía ir olvidándose del boxeo.

—Es una obra benéfica, cariño, para los menos afortunados.

Por supuesto que sí. A eso se dedicaba su madre mientras él se ocupaba del banco. Se le daba muy bien conseguir que los ricos y famosos se involucrasen y a él le parecía bien, siempre y cuando lo avisase con antelación.

—Está bien. Iré –le respondió suspirando–. ¿De qué se trata?

—Es una función benéfica en el King's.

—Siempre y cuando no sea ballet. No soporto a los hombres en leotardos

—Pues sí, y se trata de mi compañía favorita. No te preocupes, cariño, solo tienes que dejar que te fotografíen en la alfombra roja y saludar a algunas personas después. Le he pedido a Ruby que se ocupe de todo. Ella tiene el itinerario y sabe mucho de danza, de hecho, es una de las solistas de la compañía, pero se está recuperando de una lesión. La pobre ha tenido un año horrible.

Él abrió la puerta y vio aparecer a Ruby. Así que no la habían mandado de una agencia, sino que era bailarina. Lo cierto era que su postura era perfecta, su cuerpo era perfecto, pero ¿por qué le estaba sirviendo agua fría otra vez?

De repente, lo entendió.

Volvió a cerrar la puerta del dormitorio.

—Es decir, que has vuelto a encontrarte a alguien con una historia dura y la has puesto bajo tu protección.

—Sé lo que estás pensando y no te voy a mentir. Ruby lo ha pasado mal, pero no es una víctima. Esto no va solo en una dirección, relájate.

—Entonces...

Su madre era dada a sentir pena por muchas personas y no todas tenían buenas intenciones.

—Matty, tú no te preocupes. Ruby no va a intentar robarme. Está completamente volcada con la compañía, pero como está lesionada no puede bailar, así que esta es la manera de que esté ocupada. No obstante, si prefieres a uno de esos hombres en leotardos, seguro que lo puedo solucionar.

Él sacudió la cabeza con incredulidad. Su madre había vuelto a darle la vuelta a la tortilla. Y, después de todo lo que había hecho por él, no podía llevarle la contraria. Estaban muy unidos. Lo habían estado desde la muerte de su padre y lo estarían siempre. Era así de sencillo.

Y si en algún momento le entraban las dudas, oía la voz de su padre, su conciencia, que le susurraba al oído que respetase los deseos de su madre.

—De acuerdo, siempre y cuando no se equivoque.

—Eso depende de ti, Matteo.

Él entendió lo que quería decirle. Su madre lo conocía bien y sabía que el hecho de que no quisiese una relación estable no significaba que quisiese pasar las noches solo.

—Está bien, mamá.

—Lo siento, cariño, pero es que sé que podrías ser feliz si sentases la cabeza con alguien. Al fin y al cabo, soy tu madre y solo quiero lo mejor para ti.

—Y lo que es mejor para mí es mejor para el banco, que es lo único que me interesa. No quiero sentar la cabeza con una mujer, al menos, por el momento.

Lo había dejado claro. No había lugar a interpretaciones erróneas. Solo quería cumplir el sueño de su padre, que en esos momentos era el suyo propio, nada más.

Capítulo 2

EL VUELO era a las seis, aterrizaba a las siete y media y tenían media hora para llegar al teatro. Sería un milagro si todo salía bien.

Ruby se detuvo en el centro de la cabina y miró hacia la puerta del dormitorio en el que estaba Matteo Rossini.

Sacudió la cabeza y se miró los brazos, donde estaban empezando a aparecerle manchas y ronchas, señal de que estaba fuera de su zona de confort.

Llevaba meses sin poder bailar, esperando a que se le curase el ligamento, y en esos momentos iba en dirección a Londres, al estreno de *Two Loves*, donde tendría la función de convencer a su patrocinador de que merecía la pena seguir invirtiendo en el British Ballet.

Era demasiada responsabilidad y ella no era la mejor persona para aquel trabajo.

Si hubiese tenido que estar con Coral Rossini no habría tenido ningún problema. Era la Gran Dama de la Danza y llevaba años apoyando a la compañía, pero en aquella ocasión iba a tener que estar con su segundo.

El director la había mirado sonriendo al darle la nota que Coral Rossini había escrito para ella:

¡Me encantó volver a verte ayer!

Me he dado cuenta de repente de que serías la persona ideal para acompañar a mi hijo Matteo en la función benéfica del viernes. No es precisamente un aficionado al ballet, pero estoy segura de que tú lo vas a cautivar.

Me he tomado la libertad de mandar algo de ropa para Matteo y para ti.

No te disgustes si se enfada, en realidad es inofensivo.

¡Hasta pronto!

Coral

Ella se había quedado mirando la nota con el corazón acelerado y después había abierto las bolsas y cajas de ropa. Había visto un vestido rojo, un chal, unos zapatos beis y un bolso de fiesta a juego. Después había encontrado una corbata roja y un pañuelo para Matteo, y un sobre con un cheque de mil libras dentro.

¡Mil libras! Eso había hecho todavía más imposible decirle que no. Nadie podía permitirse rechazar semejante cantidad.

El director había sido muy directo al respecto.

—Confío en ti. Tal vez otra se habría dejado llevar, pero tú tienes la cabeza sobre los hombros. No nos defraudarás. Ni te defraudarás a ti misma.

En eso tenía razón. Llevaba en el British Ballet más tiempo que nadie, desde los once años, y no quería irse a ninguna otra parte. Se sentía segura allí. Era lo único que conocía y lo único que quería conocer.

Otros llegaban, hacían amigos, amantes, y se marchaban. Tenían una vida fuera, iban a fiestas y hablaban de sus familias. Y sabían que a ella no le podían preguntar. Ruby era consciente de que sentían curiosidad, pero respetaban su silencio. Y a ella no le apetecía hablar de aquel padre que no dejaba de viajar ni de la madre adolescente que no había sido capaz de aceptar el toque de queda impuesto por una recién nacida.

Por suerte, tenía la danza.

—Hola, soy Matteo. Encantado de conocerte.

Se sobresaltó al oír su voz y dejó caer la bolsa de cacahuetes que había estado a punto de abrir.

«Respira hondo, sonríe y gírate», se dijo.

—Hola, yo soy Ruby —le respondió, recogiendo la bolsa y tendiéndole la mano.

Tenía que admitir que de cerca era muy guapo, y muy alto. Se había aflojado la corbata, tenía los hombros anchos, la mandíbula firme y unos labios generosos. La nariz era ancha y larga, y se la debía de haber roto en algún momento, y los ojos, marrones. Tenía el ceño fruncido.

Matteo le dio la mano con firmeza y después la apartó. Y ella clavó la vista en su media sonrisa, se fijó en su pelo un poco largo y pensó que parecía más un poeta atrapado en un cuerpo de boxeador que un aburrido banquero.

—¿Está todo bien? —le preguntó él, estudiándola con la mirada.

—Sí. Iba a ponerle algo más de beber y algo de comer y…

—No necesito nada, gracias, pero al parecer ha habido un cambio de planes y voy a tener que ir al ballet en cuanto nos bajemos del avión.

–Sí. A ver el estreno de *Two Loves*. Estamos muy emocionados. Es una producción increíble.

Lo era, y ella habría dado cualquier cosa por poder participar, pero estaba lesionada. Así que tenía que ocupar sus días dando clases a jóvenes y en el fisioterapeuta. Y atendiendo a aquel hombre…

–Y tú eres el rostro del British Ballet. Qué bien –comentó él, mirándola fijamente y asintiendo–. Imagino que habrás hecho los deberes. Necesito saber los nombres y las biografías de todas las personas a las que vamos a ver.

Matteo echó a andar por la cabina y ella se quedó donde estaba, sin saber si debía seguirlo, tranquilizarlo, o desaparecer de la faz de la tierra.

Lo vio mirar una pantalla con muchos números y después, poner un partido de rugby, deporte que la horrorizaba.

–¡Vamos! –gruñó Matteo.

Era evidente que a Matteo Rossini le gustaba. Ruby esperó y… miró la pantalla, pero tuvo la sensación de que se había convertido en parte del mobiliario. Y pensó que era guapo, pero que no tenía el encanto de su madre.

Entonces lo vio girarse hacia ella y fruncir el ceño. Apagó la pantalla con el mando a distancia y lo dejó caer sobre un sillón.

–Tengo planes para después, así que me gustaría acabar con esto a las diez. ¿Empezamos?

Le hizo un gesto con la cabeza para que se sentase en la pequeña sala de estar en la que había cuatro sillones y una mesita de café. Él se puso cómodo mientras que Ruby se sentaba con la espalda recta, las rodillas juntas y una sonrisa clavada en el rostro.

–De acuerdo, vamos a empezar por lo básico. Eres bailarina de esta compañía, pero te has presentado voluntaria para ser mi asistente solo por esta noche.

–Más o menos –le respondió ella.

–¿Y cuál es tu historia? ¿Por qué tú? –inquirió él.

–No hay mucho que contar. Llevo con el BB desde que tenía once años –le explicó ella, dándose cuenta de que la estaban entrevistando para un trabajo que ni siquiera quería–. Esta noche no voy a bailar, así que supongo que era la opción más obvia.

–¿El BB es el British Ballet?

Ella sonrió al escuchar una pregunta tan tonta.

–Sí. La compañía tiene cincuenta años. Yo empecé en la escuela, después pasé al cuerpo y más tarde me convertí en solista. Algún día espero ser bailarina principal. Así que sé todo lo que hay que saber.

–¿También sabes todo lo que hay que saber acerca de los temas políticos que se van a tocar esta noche?

Ella lo miró y recordó sus notas. Se preguntó dónde las había puesto. Las había escrito en la cocina, las había numerado y… ¿qué había hecho con ellas después?

–¿Estás preparada, verdad? Porque si hay algo que debes saber de mí es que no me gusta improvisar.

«A mí tampoco», quiso responderle Ruby. Por eso había pasado tanto tiempo tomando notas acerca de temas que no le resultaban en absoluto interesantes, pero no podía darle una mala contestación a su patrocinador. Sobre todo, teniendo en cuenta que ella misma había conseguido una beca gracias a la generosidad de personas como Coral Rossini, tal y como le había recordado el director de la compañía.

–No le defraudaré. La señora Rossini confía en mí.

–Por supuesto –le contestó él.

¿Pero dónde tenía las notas? ¿En el bolso? ¿O en algún bolsillo? ¿Se las habría olvidado en el metro?

Él echó la cabeza hacia atrás y la estudió con una ceja arqueada.

–Por cierto, ¿desde cuándo conoces a mi madre? Al parecer, está encantada contigo.

–¿De verdad?

Pensó que había tenido las notas justo antes de subirse al coche…

–Sí. Y no serías la primera que quiere hacerse amiga de mi bondadosa e increíblemente generosa madre.

¿Por qué le estaba diciendo aquello? ¿Pensaba que quería ser amiga de su madre? ¿O que quería estar allí, haciendo aquello?

–No he venido a hacer amigos. Estoy aquí porque me han dicho que venga.

Él se puso más serio. Era evidente que había ido demasiado lejos.

–¿Te han dicho que vengas? –le preguntó Matteo.

–Alguien tenía que hacerlo.

Él apoyó la espalda en el respaldo, los codos en los brazos del sillón de cuero color crema y dejó las manos delante de su pecho. Sus dedos estaban cubiertos de un fino vello oscuro.

Ella mantuvo la mirada allí, se concentró en los fuertes huesos de sus muñecas para no mirarlo a la cara.

–¿Sacaste la paja más corta? –volvió a preguntar él, levantando su vaso de agua.

Ella se fijó en los gemelos de plata. Era la primera vez que veía a alguien con gemelos, de hecho, casi no conocía a nadie que llevase camisa.

–¿Preferirías estar en cualquier otro lugar? –insistió Matteo en voz baja y en tono burlón.

Ruby levantó la vista. Se estaba burlando de ella, estaba sonriendo. Significaba eso que no creía que quisiese aprovecharse de su madre.

Tal vez.

Ruby cambió de postura en el sillón y respondió:

–Preferiría estar actuando. Para mí es lo más importante.

–Lo entiendo –le dijo él en voz baja–. Lo entiendo muy bien.

Ella se miró las manos, que tenía unidas sobre el regazo, y esperó a que él volviese a hablar. No lo hizo. Se cruzó de piernas y Ruby clavó la vista allí. Tenía las piernas largas y fuertes, casi más fuertes que las de un bailarín.

Matteo apoyó las manos en los brazos del sillón y ella levantó la vista.

–Lo siento. Yo… será mejor que nos centremos –dijo Ruby, aclarándose la garganta–. Con respecto a la función, ¿quiere que le cuente ahora los detalles?

–Por favor.

Ella frunció el ceño. Se sabía todos los pasos, pero no era eso lo que necesitaba saber, sino nombres, fechas, datos. Y lo tenía todo en sus notas, que debían de estar en la mesa de la cocina.

–*Two Loves* está basada en un poema.

–¿En un poema? ¿Me puedes contar algo más?

Sí, había mucho más que contar. Ella lo había ano-
tado todo, lo había memorizado, pero en esos momentos le costaba encontrar la información en su ce-
rebro. Aquello le recordó, una vez más, que lo único
que sabía hacer era bailar, era un desastre en todo lo
demás.

–Es… muy antiguo –balbució.

–¿Cómo de antiguo?

–Mucho, de hace como dos mil años. Y de origen
persa. Ya me acuerdo. De un poeta persa llamado
Rumi, famoso por sus poemas de amor.

–Ah, sí, Rumi. Los amantes no se encuentran en
ningún lugar. Se encuentran el uno al otro todo el
tiempo…Y toda esa basura.

–Bueno, pues con parte de esa basura se ha mon-
tado la obra de esta noche –le explicó ella, más animada al ver que se acordaba de algo.

–De acuerdo, pero dado que no creo que vaya a
saludar al tal Rumi esta noche, ¿sabes algo de los vi-
vos? Suele haber una lista de las personas a las que
tengo que darles las gracias.

–Sí –le respondió ella–. Lo tengo todo en mis notas.

–Bien –dijo él, mirándose el reloj–. Aterrizaremos
dentro de media hora. Busca tus notas mientras yo me
doy una ducha y me pongo el esmoquin. Los dos estamos de acuerdo en que cuanto antes terminemos
con esto, mejor.

Capítulo 3

MATTEO Rossini iba a dejar el boxeo y el casino por ir al ballet? ¿De verdad?

Se imaginó a sus amigos gritando y levantando las copas para brindar. Mientras sacaba el esmoquin y lo dejaba encima de la cama pensó que al menos a ellos les parecería gracioso.

Había tenido muchas ganas de salir esa noche. Era una oportunidad para relajarse después del circo mediático que había tenido que soportar con Faye. Y la noticia de que iba a poder hacerse con Arturo Finance era la guinda del pastel.

Tenía la sensación de estar casi en la recta final.

Pero todo tendría que esperar mientras él iba al ballet.

Se secó los hombros y se echó a reír al pensar que la idea ya no le disgustaba tanto como media hora antes. Y todo gracias a Ruby.

No tenía la sensación de que esta quisiese sacar nada de su madre.

Era como un soplo de aire fresco y él tenía ganas de novedad y, dado que estaba obligado a pasar las siguientes horas con ella, iba a disfrutarlo todo lo posible.

Se estaba poniendo los pantalones cuando llamaron a la puerta. Se quedó escuchando y volvió a oír dos golpes muy suaves. Suaves, pero decididos. Se dijo que Ruby quería tratar un tema de trabajo y eso lo decepcionó ligeramente.

Se puso la camisa y abrió la puerta.

—Hola, ¿va todo bien?

A juzgar por la expresión de Ruby, no todo iba bien.

—Siento molestarle —le dijo esta, bajando la mirada—, pero tengo que darle esto para que se lo ponga.

Le tendió un paquete pequeño.

—De su madre.

Él continuó abrochándose la camisa y miró el paquete.

—¿Lo puedes abrir tú? —le preguntó mientras iba hacia la mesa en la que había dejado los gemelos.

Ella levantó la vista y la volvió a bajar, pero después de haberlo recorrido con la mirada. Él sonrió.

El juego había empezado.

Ruby abrió el paquete y le tendió una pajarita roja y un pañuelo para la chaqueta.

—¿Va todo bien?

—¿Qué? Sí, por supuesto. Solo me preguntaba por qué se molesta con estas cosas.

—¿Qué cosas?

—Los gemelos. ¿Para qué sirven? No lo entiendo.

—¿No te han dicho nunca que eres demasiado directa? —le preguntó él mientras se los abrochaba.

—Suelo decir lo que se me pasa por la cabeza. No pretendo ofender, pero es la primera vez que veo a alguien usándolos.

Él terminó y tiró de las mangas para comprobar que estaban perfectamente rectas. Ella lo observó y eso lo fue calentando cada vez más.

–Hacen que los puños de la camisa queden mejor. Me gustan. Una camisa bonita merece unos gemelos bonitos. Y, dado que veo que la respuesta no te convence del todo, añadiré que me los regaló una exnovia. Después de que rompiéramos.

Sonrió y después añadió:

–No soy tan malo como me pintan.

–Bueno… Por supuesto –comentó ella con poco convencimiento.

Él arqueó una ceja y se ató la pajarita.

¿Qué había esperado? Se giró a tomar la chaqueta mientras pensaba en las fotografías que sus amigos le habían enviado junto a comentarios relativos a su atrofia emocional.

No se había molestado en leerlos en profundidad. Quien lo conociese bien sabía la verdad. Y quien lo conociese bien sabía que sus emociones se habían atrofiado con Sophie. Lo único de lo que él estaba convencido era que no podría encontrar a otra Sophie…

Habían sido pareja durante toda la universidad. Ella, con su larga melena rubia y él, una prometedora estrella del rugby. Había sido la época más feliz de su vida. Había tenido la sensación de tener el mundo a sus pies.

Hasta la noche en que le habían dado la noticia de la muerte de su padre. Aquella noche había perdido toda la fuerza y la confianza en sí mismo. Había sentido que el mundo se tambaleaba bajo sus pies. Había pensado que su padre era un hombre fuerte y seguro. Siempre había tenido todas las respuestas. Había sido un hombre inteligente y honrado, había querido a su madre… y Claudio había sido su mejor amigo.

Habían sido casi inseparables, más que hermanos. Lo único que se había interpuesto entre sus padres había sido la sofocante presencia de Claudio en sus vidas, hasta que había ocurrido algo y todo había cambiado.

Matteo había tenido la sospecha de que Claudio había intentado acercarse a su madre y su padre se había enterado. Tenía que haber sido algo así.

Su padre había luchado para salvar el banco. Había trabajado incansablemente durante semanas, pero había sido muy difícil. Las personas con mucho dinero querían todavía más, mucho más. Y Claudio les había ofrecido un dividendo que no habían podido rechazar.

Pero había sido la muerte de su padre lo que lo había destrozado, más que las pérdidas del banco.

La pena de su madre había sido inconsolable y él se había quedado a su lado, la había cuidado y había tomado las riendas del banco a sabiendas de que habría sido lo que habría querido su padre.

Y había pasado por todo aquello sabiendo que no podía ir a peor. Sabiendo que Sophie estaba a su lado.

Por eso había decidido tomar un avión aquella noche, sabiendo que su cuerpo caliente lo estaría esperando, y después un taxi que dos horas más tarde lo dejaría en St Andrew's en aquella mañana lluviosa y fría. Pensando en meterse a su lado en la cama, sentir su abrazo y enterrarse en ella para aliviar su dolor…

¿Cuántas veces reviviría aquellos momentos? El ruido de la gravilla, su aliento helado. El frío de la llave al meterla en la cerradura, las luces encendidas en el pasillo, la televisión, las gafas encima de la mesa.

Había andado como un autómata en dirección al ruido del agua de la ducha al caer.

Y entonces había visto a su preciosa Sophia, desnuda y mojada, abrazando con las piernas a otro hombre. Al entrenador del equipo nacional de rugby, que había ido hasta Escocia para pedirle a él que jugase para su país.

¿Cómo no iba a estar emocionalmente atrofiado? Lo estaría durante el resto de su vida.

—La mayoría de las personas no se creen todo lo que leen. Yo no lo hago. No sé si te sirve de consuelo.

Él miró a Ruby, con su rostro de ángel, con esos enormes ojos marrones y esos labios rojos. Tan dulce. Y pensó que, si se estaba preocupando por él, estaba perdiendo el tiempo.

—No te preocupes por mí, por favor —le dijo, abrochándose el último botón de la chaqueta—. Soy un chico grande.

Le guiñó un ojo y sonrió. Apoyó una mano en su hombro, un hombro delicado y suave como la seda. Se acercó un paso más a ella y vio cómo se le dilatan las pupilas, era lo que solía ocurrir siempre que se acercaba a dar su primer beso a una mujer...

¿Acaso no sería perfecto empezar la velada dándole un beso a Ruby? Se había sentido tentado nada más verla, y ella parecía corresponderlo.

Al fin y al cabo, aquella podía terminar siendo la noche perfecta.

Su erección se lo corroboró. Solo quedaba una cosa por hacer.

—Pero a su madre debe de dolerle leer esas cosas —dijo ella, girando el rostro.

Él se quedó inmóvil, se dio cuenta de que acababan de rechazarlo.

—Lo que sienta mi madre no es asunto tuyo ni de nadie más —se oyó decir—. Ojalá todo el mundo se ocupase solo de sus problemas.

Ella se ruborizó y Matteo se arrepintió inmediatamente de haber utilizado un tono tan duro.

Ruby no parecía dada a hablar de los demás. Solo había querido ser amable. Y lo peor de todo era que tenía razón. Él sabía que a su madre le dolía leer esas noticias en la prensa, y la culpa era solo suya.

Alargó una mano, pero Ruby se disculpó en un susurro y se alejó. Él observó casi hipnotizado cómo se movía su cuerpo dentro del vestido.

Y entonces el avión pasó por una turbulencia. Y ella se tambaleó. Se agarró del sillón más cercano durante dos largos segundos. Matteo supo que estaba sintiendo dolor, pero no emitió quejido alguno.

Corrió hacia ella.

—¿Estás bien?

—Perfectamente, gracias —respondió ella, con la mirada clavada al frente y una sonrisa automática.

—¿Te has hecho daño? Sé que estás lesionada y que por eso no bailas. ¿Seguro que estás bien?

Ella arqueó las cejas con desdén.

—Estoy bien, gracias. Voy a sentarme un poco, si no le importa.

—Ruby, agárrate.

La vio sentarse con cuidado, con la espalda muy recta, y vio otra vez aquella sonrisa, la reconoció, era una sonrisa de dolor. Todo el mundo tenía una careta.

Se sentó enfrente de ella, que echó las rodillas hacia la izquierda, como apartándose de él.

–¿Qué es lo que te duele? ¿La cadera? ¿La rodilla?

–No pasa nada, está casi curada.

–¿Qué ocurrió?

–Una caída. Nada más.

–Debió de ser una buena caída, para tardar casi seis meses en curarse.

Ella siguió sonriendo.

–Yo también he tenido muchas lesiones –le contó Matteo–. Jugué al rugby durante años, en la universidad. Supongo que ya te lo habrás imaginado.

Inclinó la cabeza para enseñarle las cicatrices que tenía en la oreja. Por suerte, aquello y lo de la nariz era lo único que se veía a simple vista, aunque había perdido la cuenta de las fracturas que había sufrido y de las lágrimas que había derramado.

–Me iban a fichar para jugar en la selección inglesa.

–¿De verdad?

Él asintió.

–¿Y qué ocurrió?

–Es una historia muy larga. Cuéntame, ¿qué te ha ocurrido a ti?

–Es complicado.

–Estoy seguro de que seré capaz de entenderlo. He practicado muchos deportes de un modo u otro, y sé lo mucho que sufre el cuerpo. El ballet es duro. Tal vez no sea lo mismo, pero respeto lo que hacéis.

Ella había dejado de sonreír y lo estaba observando con cautela, pero su cuerpo seguía muy tenso.

–No siempre he sido un banquero aburrido –continuó Matteo–. Ni nací vistiendo traje.

–¿Y qué le pasó? –le preguntó ella–. ¿Por qué no intentó alcanzar su sueño?

–Antes cuéntame lo de tu lesión –le pidió él.

–Rotura de ligamento cruzado –respondió ella.

–¿Anterior? ¿Posterior?

–Anterior. Me han tenido que operar. Dos veces.

–Es doloroso –comentó él–. Deberías tener cuidado. Podría ser el final de una bonita carrera.

–Soy consciente de ello.

–Ya me lo imagino. Supongo que no piensas en otra cosa. Uno de mis compañeros de universidad tuvo que dejar el rugby por eso. Una pena. Tenía por delante un brillante futuro. No tengo ni idea de lo que estará haciendo ahora. No creo que tuviese un plan B...

Entonces vio que a Ruby se le caía la careta y le temblaban los labios.

–Lo siento –le dijo–. Sé que no es lo que necesitas oír en estos momentos. La danza es tu vida, ¿verdad? Te entiendo perfectamente.

–¿Cómo me va a entender si no le ha pasado?

Ruby sacudió la cabeza y se giró para alejarse más de él y mirar por la ventana.

–Lo entiendo porque el rugby era mi vida. El banco era el trabajo de mi padre, pero entonces murió y todo se tambaleó bajo mis pies. Y aquí estoy ahora.

Miró a su alrededor, estaba rodeado de lujo. Solo le faltaba cerrar el acuerdo con Arturo.

A juzgar por la expresión del rostro de Ruby, ella estaba pensando lo mismo.

–No es igual –le dijo–. Usted tenía un plan B. Yo no tengo nada más. Solo esto. Llevo toda la vida preparándome para ser bailarina principal. No sé hacer nada más, casi ni puedo con esto.

Se tocó la falda del vestido y lo miró a los ojos como implorándole piedad, y él pensó que sería muy sencillo enamorarse de una mujer así. Fuerte, pero vulnerable.

No obstante, él iba a mantener las distancias con ella y con cualquier otra, en especial con una mujer así porque sabía que al final querría de él más de lo que le podía dar.

Tomó su barbilla con un dedo para que lo mirase.

—Lo estás haciendo bien. No tienes de qué preocuparte —le dijo, recordando a su padre cuando intentaba animarlo.

Pero ella negó con la cabeza.

—No. Soy un desastre. Me he dejado las notas que tomé en casa, encima de la mesa de la cocina. Y pasé horas escribiéndolas. No se me quedan las cosas en la cabeza, salvo los pasos de ballet, y hace meses que no bailo. Me aterra la idea de haber olvidado eso también.

—Bueno, vamos poco a poco. Hasta el momento lo has hecho muy bien. Yo no tenía ni idea de que iba a ver un ballet basado un poema de Rumi.

—¿No le importa que haya sido un desastre hasta ahora? No quiero estropearle la velada.

—Va a ser una velada diferente.

—El ballet le va a encantar, eso se lo puedo asegurar.

Ruby sonrió de oreja a oreja y él se preguntó si aquella sería su arma más letal. Decía que no se le daba bien nada más que bailar, pero él estaba seguro de que era capaz de conquistar a cualquiera, hombre o mujer, con aquella sonrisa.

El avión tocó tierra y avanzó por la pista. La velada pintaba bien. Tal vez la disfrutase.

Era evidente que el juego había empezado.

Capítulo 4

ASÍ QUE no era tan malo como lo pintaban. Podía haberse enfadado con ella por haberse olvidado las notas, pero había sido bastante amable.

Y tampoco era un banquero aburrido. Era inteligente. Y guapo a pesar de la nariz rota y la oreja llena de cicatrices.

Ruby miró sus muslos y sus bíceps, enfundados en el esmoquin mientras esperaban en la parte trasera de la limusina a que les tocase atravesar la alfombra roja, y pensó que se había equivocado al imaginar que no tenía el encanto de su madre.

Tampoco era inofensivo, como había dicho esta. La había interrogado nada más conocerla, pero en esos momentos entendía el motivo. Quería proteger a su madre. Ella habría hecho lo mismo en su lugar. Aunque la última persona que necesitaba que la defendiesen era su madre… salvo de ella misma.

Abrieron la puerta del coche. Había llegado el momento de salir. Matteo se giró a guiñarle el ojo y sonreír y después salió y anduvo hacia la entrada con la gracia de un felino.

Ella se dijo que era como estar en el escenario, pero sin bailar. Se le hizo un nudo en el estómago.

Respiró hondo, se obligó a sonreír y lo siguió. Se detuvo detrás de él mientras Matteo charlaba con alguien en el hall de entrada.

Cuando faltaban muy poco para que se levantase el telón, entraron en la sala, que bullía de excitación. Todo el mundo se giró a mirar hacia el palco real mientras ellos se instalaban. Ruby mantuvo la mirada al frente, no le gustaba tanta atención.

Fue a sentarse detrás de él, pero Matteo le indicó con una sonrisa y un gesto que se instalase a su lado.

Cuando las luces se apagaron, se acercó a ella.

–¿Estás segura de que va a ser tan bueno como me has dicho?

–Si no lo es, puede pedir que le devuelvan el dinero.

Empezó a sonar la música y se oyó la penetrante y bonita voz de una mujer india. El público contuvo la respiración.

Matteo le mantuvo la mirada y ella sintió un escalofrío.

–Tal vez pueda ser compensado de otra manera –respondió.

Recorrió con la mirada sus ojos desnudos, su escote, y después subió a los labios y a los ojos. Sonrió a modo de promesa. Y ella sintió cómo aumentaba la atracción entre ambos, notó cómo su cuerpo reaccionaba como si lo acabasen de encender. No eran imaginaciones suyas.

Apoyó la espalda en el respaldo y miró hacia el escenario sin ver. Sabía que estaban bailando, pero solo era consciente de su propio cuerpo.

–¿Te estás divirtiendo? –le preguntó Matteo en un susurro.

«Sí», deseó responder ella en voz alta. Por primera vez en meses, tenía la sensación de estar viva otra vez.

–Preferiría estar sobre el escenario –respondió, pensando que, por primera vez en su vida, dudaba de que aquello fuese verdad.

–Me encantaría verte bailar.

Matteo se había acercado más.

–Debes de ser una bailarina increíble. Tal vez algún día…

Por un instante Ruby pensó que iba a tocarla, pero Matteo alargó la mano y después volvió a apoyarla en su propia pierna. Ella la miró y después levantó la vista a su perfil. Matteo tenía la cabeza girada hacia el escenario, pero había una extraña energía entre los dos que hacía que ella fuese muy consciente de su cuerpo.

Estaba acostumbrada a utilizar su cuerpo para expresarse y a interpretar el lenguaje corporal de los demás. El lenguaje que estaba hablando el cuerpo de Matteo era el de los amantes. Y eso a ella le excitó.

Se inclinó hacia delante y observó la obra, sintió cómo sus compañeros expresaban con sus cuerpos el amor. Y se imaginó a sí misma con él agarrándola por la cintura.

Había bailado y sentido muchas manos en su cuerpo, como todos los bailarines, pero nunca antes se había sentido así. Solo con mirar. Con esperar.

La sensación era electrificante. ¿La estaría sintiendo él también?

–¿Qué le parece? –le preguntó en un susurro.

–Me parece que estoy enganchado, que he descubierto una nueva pasión.

Su gesto era indescifrable, pero sus palabras hicieron que Ruby sintiese todavía más calor. Observó la escena final como aturdida.

Y, por fin, terminó. El público aplaudió, vitoreó y golpeó el suelo con los pies. Y ella se quedó allí sentada, a su lado.

—Ahora tengo entendido que tengo que ir a conocer a los bailarines —le dijo él—. Y después…

Y le dedicó una mirada que la sacudió por dentro.

Ruby se giró hacia el escenario y aplaudió. Él se puso de pie a su lado mientras los bailarines miraban hacia el palco real. Les sonrió, los saludó y aplaudió una vez más.

Ruby se levantó también. Le temblaban las piernas. Las luces se encendieron y el público empezó a salir. Ella siguió a Matteo, que se dirigía a la parte trasera del escenario.

Vio los ojos brillantes de sus compañeros, los cuerpos sudorosos, y la adrenalina que había en el ambiente después de la actuación. Se sintió casi tan emocionada como ellos mientras se los presentaba a Matteo.

Vio cejas arqueadas y sonrisas amplias. Supo que la estaban observando y que comentarían que la rarita de Ruby, que nunca se salía del guion, estaba coqueteando con el patrocinador.

No le importó. No iba a defraudar a nadie, ni a ella misma. Lo tenía muy claro.

Había varias mesas con bebida y comida. Sintió que alguien le ponía la mano en la espalda y la guiaba hacia ellas, su cuerpo se puso tenso, se derritió. Matteo.

Él la miró y sonrió con indulgencia, como queriendo decirle que aquello iba a durar un poco más. Y Ruby no tuvo sed de champán. Le costó concentrarse mientras intentaba resistirse a la atracción física que sentía por Matteo.

Cuando este inclinaba la oreja sobre el hombro derecho, para indicarle que quería más información acerca de alguien o de algo, ella se ponía de puntillas con gusto e intentaba alargar el momento para disfrutar de la sensación. Él apoyaba la mano en su cintura, la acercaba más a su cuerpo, y ella dejaba que sus labios le rozasen la mejilla.

Matteo tenía la piel suave y su olor era increíblemente sutil al tiempo que magnético e irresistible.

—Repíteme eso —le pidió cuando Ruby le dijo un nombre.

Entonces se acercó un camarero con una bandeja llena de canapés y Matteo se apartó para dejarle pasar y pegó a Ruby contra su cuerpo. Ella se quedó inmóvil, presa del deseo.

Supo que debía apartarse, pero no pudo.

El camarero volvió a pasar y, por fin, se apartaron.

—¿Quién es esa mujer de verde, que viene hacia aquí con el director?

Ruby miró hacia donde estaba mirando Matteo y se sintió culpable. El director había confiado en ella porque era la más sensata del grupo y no podía defraudarlo.

—Dame Cicely Bartlett —le respondió, centrándose—. Actriz convertida en política. Al parecer va a hablar de la falta de financiación a las artes…

—Estoy impresionado. Lo sabes todo de tu mundo.

Con o sin las notas –comentó Matteo, acercándose otra vez–. ¿Estás bien? De repente, te has puesto pálida.

Tomó su mano, le frotó el interior de la muñeca con los dedos y ella se quedó sin habla. Intentó mantener la mente fría, pero estaba ciega de deseo, se sentía más débil con cada momento que pasaba. Tenía que poner fin a aquello antes de que se le fuese de las manos.

–Si no le importa, necesito sentarme. Creo que he tomado demasiado champán.

Él la acompañó hasta una silla.

–Lo siento. No sé en qué estaba pensando. En cuanto termine de hablar con Dame Cicely podremos irnos a cenar.

¿A cenar? Seguro que Matteo no quería cenar, sino acostarse con ella.

La idea le aceleró el corazón. No podía continuar con aquello. ¿A quién estaba intentando engañar? Acabaría en su casa y entonces empezarían a besarse. Y a tocarse. Entonces ella se daría cuenta de lo que estaba haciendo y querría marcharse de allí. Él se sorprendería y se preguntaría el motivo. Y ella llamaría un taxi y se marcharía. Siempre terminaba así.

Y después no pasaba nada más porque no volvía a verlos, pero Matteo Rossini era su patrocinador y no podía hacer el ridículo con él.

–No pienso que eso sea buena idea.

–¿Qué ocurre? –le preguntó él, acercándose de nuevo.

Ella pensó que tal vez aquella vez fuese diferente. Tenía la sensación de que aquello era diferente.

–Ruby, es muy buena idea –le dijo Matteo en voz baja.

–No, sinceramente, no. Estoy cansada. Debería marcharme a casa.

Él la estudió con la mirada y la miró a los ojos como si pudiese ver en su interior.

–No estás cansada. Estás nerviosa. Te preocupa que los demás te puedan juzgar.

Matteo miró por encima de su hombro y frunció el ceño.

–Espera aquí. No te muevas.

Se alejó y ella se quedó sola entre la multitud. Sintió como si la noche se hubiese cernido sobre ella sin luna y deseó que volviese Matteo y la iluminase con su luz.

–Bien. El banco se ha comprometido a apoyar el programa de estudios de danza y tu director está encantado. Me ha pedido que te lo diga. Así que mi trabajo aquí ya ha terminado. Vamos a ir a cenar y no voy a aceptar un no por respuesta.

Sus palabras la animaron, aplastaron la poca fuerza de voluntad que le quedaba.

–Está bien –respondió–. Será estupendo ir a cenar.

Él tomó su mano y ella no se apartó. Unos minutos después estaban saliendo del teatro. Varias personas se acercaron sonrientes a despedirse de Matteo, que les dijo adiós, les dio la mano y sonrió, o les dio una palmadita en el hombro y siguió avanzando.

La inevitabilidad de lo que iba a ocurrir después tenía a Ruby completamente aturdida.

Salieron a la calle y llegaron hasta donde los esperaba el coche.

Entonces Matteo se giró y le sonrió de manera encantadora.

–¿Preparada? –le preguntó.

–Más que nunca –susurró ella.

La puerta se abrió y ella entró.

Capítulo 5

NO PUEDE esperar, David? Estoy ocupado.
Matteo hizo un gesto al conductor para que arrancase y agarró la mano de Ruby. De no haber sido por aquella llamada, se la habría llevado a los labios.

–Por supuesto. Puedo esperar a mañana por la mañana para decirte que Claudio se ha puesto en contacto con Augusto Arturo para ofrecerle una fusión, si lo prefieres así.

–No es nuevo, ya lo sabía, pero no tiene nada que hacer.

Puso el brazo alrededor de los hombros de Ruby y la acercó más a él, enterró los dedos en su pelo sedoso mientras el coche avanzaba entre el tráfico.

–Al parecer, ha habido algún cambio. Los han visto comiendo juntos en Cannes.

A Matteo se le hizo un nudo en el estómago. Se inclinó hacia delante. Si habían comido juntos era porque estaban enfocando el tema de manera informal. Y eso no era una buena noticia.

–¿Qué? ¿Estás seguro? ¿Cómo te has enterado?

–Claudio lo ha puesto en sus redes sociales. ¿Quieres que te lo lea?: *Deseando ponerme al día con viejos y nuevos amigos en la Riviera francesa este ve-*

rano. La regata Cordon d'Or es una cita obligatoria
y, después, un fin de semana en la Toscana con el
imparable Augusto Arturo.

–Tiene que ser una broma. ¿A qué está jugando?
¿Cómo que va a ir a la regata? Es la última persona a
la que quiero ver allí. ¿Y por qué menciona a Augusto? Eso no prueba nada.

–Prueba que sabe cómo fastidiarte.

Matteo sintió que se le aceleraba el corazón, pero
decidió no reaccionar de manera exagerada ante aquello. Conocía a Claudio y sabía cómo funcionaba.

–Tienes razón. Claudio sabe lo importante que es
esto para nosotros. Le da igual conseguir a Arturo o
no, no necesita esos clientes. ¿Qué piensas que es lo
que trama en realidad?

–En mi opinión, solo está intentando provocarte. Habrá visto que se ha hablado públicamente de ti y querrá
que reacciones a esto también. Como bien has dicho, si
se presenta en Cordon d'Or será porque habrá cambiado
de táctica. Pondré seguridad, solo por si acaso.

–No lo he visto venir. Pensé que tendría asuntos
más importantes que atender.

Matteo también estaba enfadado consigo mismo
por haber sido tan ingenuo en lo relativo a Claudio
Calvaneo.

–Es posible. Lo único que sabemos es que, para
Arturo, Banca Casa di Rossini es mejor apuesta que
Calvaneo Capital.

–Pero Claudio está intentando fastidiarme y es posible que quiera proponer una fusión a Arturo. En
cualquier caso, ahora mismo no hay nada que podamos hacer al respecto.

–Espero no haberte estropeado la velada, pero he pensado que debías saberlo… por si acaso.

«Por si acaso». Matteo sabía lo que significaba aquello. Tal vez en el pasado habría hecho una tontería con tal de acabar con Claudio, por conseguir que este confesase sus crímenes, que se hiciese justicia.

Pero no iba a actuar. Conocía sus fortalezas y sus debilidades. Sabía que podía tumbar a Claudio de un puñetazo, pero que con eso solo conseguiría acabar en la cárcel, el mayor miedo de su madre. Y, muy a su pesar, tenía que admitir que era una posibilidad. Por eso hacía años que mantenía las distancias.

Tenía que controlarse y pensar.

–Gracias, David. Te lo agradezco. Lo consultaré con la almohada y lo hablaremos mañana.

Apoyó la espalda en el asiento y sintió que se le aceleraba la mente, como ocurría siempre que Claudio volvía a aparecer en su vida, pero se dijo que no podría hacer nada hasta que se reuniese con Augusto Arturo.

–¿Va todo bien?

Matteo miró a Ruby.

–Claro, cielo.

Si había algo que iba a ayudarlo a sobrevivir durante las siguientes veinticuatro horas, sería aquella mujer. Iba a ser una noche memorable para ambos.

–Es solo trabajo. Nada de lo que tengamos que preocuparnos.

–¿Está seguro?.

–Sí –le respondió él–. Tengo que tener el teléfono cerca, pero no creo que nos molesten más. Ya estamos…

El coche se detuvo delante de Luigi's, uno de sus

restaurantes favoritos en el que la comida era deliciosa y el servicio rápido y agradable.

Matteo bajó del coche e hizo girar sus hombros porque estaba muy tenso. Respiró hondo y aspiró el olor a jazmín de las plantas que había a ambos lados de la puerta del restaurante.

Ruby salió del coche y él pensó que solo mirarla era como un sorbo de vino en verano. Se sintió mejor.

Solo quedaba un detalle para asegurarse de que podía relajarse completamente con ella...

Unos minutos después estaban sentados en un rincón del restaurante, donde las sombras jugaban con el delicado cuello de Ruby y sus largos y delgados brazos. Matteo no podía desear más alargar la mano y tomar la de ella por encima del mantel, pasar un dedo por su escote y absorber la suavidad de su piel.

Pero el autocontrol lo era todo.

—Has estado increíble esta noche –le dijo–. No habría podido tener una asistente mejor. Conoces muy bien tu mundo y no te han hecho falta las notas. Estoy impresionado.

—Es fácil cuando es algo que te importa.

—No se trata solo de la danza, ¿verdad? También te importa la compañía.

Pensó en el gesto de admiración y orgullo con el que le había presentado a sus compañeros, cómo se habían abrazado los unos a los otros.

—Son mi familia desde hace años. He tenido mucha suerte.

—Supongo que hablas en sentido figurado, ¿no?

—He estado con el British Ballet desde los once años, así que es realmente mi familia. Mi madre y su marido se mudaron a la costa sur cuando yo tenía doce, pero tuve la suerte de poder quedarme aquí.

Matteo se dio cuenta de que la alegría con la que le contaba aquello era fingida.

–Estoy seguro de que te va a ir bien, Ruby –le dijo–. Aunque no puedas bailar, seguro que puedes hacer otras cosas en la compañía, siempre y cuando quieras quedarte ahí. ¿No te apetecería ver mundo? ¿No hay trabajo en otras compañías?

–Por supuesto, pero todavía no quiero hacer planes. Todo depende de lo que el médico me diga el mes que viene.

–¿Y si estás bien, estarías dispuesta a cambiar? ¿Hay algo o alguien que te ate aquí?

–No tengo a nadie especial en mi vida, si es a eso a lo que se refiere.

–Es exactamente a eso a lo que me refería.

Ella hizo una mueca.

–No tengo un gran historial de novios. Nunca me ha gustado demasiado socializar y la lesión me ha dejado completamente agotada. Así que no, no tengo a nadie especial.

–Mi historial con las mujeres tampoco es mi punto fuerte.

Ella sonrió.

–Pero por motivos muy distintos.

–Eso ha dicho la prensa –comentó él, agradecido por la llegada de los camareros.

No tenía ganas de hablar de sus relaciones anteriores con ella. Ni quería saber las suyas. Hablar de aquel tema habría sido mandarle a Ruby señales equivocadas, hacerle entender que podían tener un futuro.

Se quedaron en silencio mientras les llevaban los platos con queso y carne, olivas y alcachofas, melón con jamón, y les servían vino.

Ella lo observó todo con los ojos muy abiertos.

Por fin se marcharon los camareros.

—Ataca —le dijo Matteo, observándola mientras cortaba el melón con jamón muy despacio y lo tragaba con delicadeza, para después empezar a devorar.

Nunca había visto comer a una mujer con tanto apetito y eso le gustó. Ruby era como un soplo de aire fresco, era diferente y no le importaba lo que pensasen los demás. No había mostrado ningún interés por su avión ni por su coche, ni había intentado fotografiarse con él. Solo había querido transmitirle su pasión por la danza.

Él conocía aquella sensación de sus tiempos del rugby.

Pero aquello formaba parte del pasado, en esos momentos tenía que atender a una madre viuda y tenía que salvar un banco.

En ocasiones, el dinero le provocaba náuseas. Había personas que se volvían demasiado codiciosas, como Claudio, que siempre había sido un hombre rico, pero quería más.

Vio que Ruby apoyaba la espalda en el respaldo de la silla y sonreía con satisfacción.

—¿Estás mejor?

—Sí, gracias. Estaba todo delicioso.

—Pues eran solo los entrantes. Espero que todavía te quede espacio.

Los camareros se llevaron los platos y trajeron otros con pasta, pescado y ensalada.

–Un poco –respondió ella–. Aunque no suelo comer mucho. Bueno, eso no es verdad, sí que como mucho, pero últimamente he comido menos, desde que he dejado de bailar.

–¿No te pagan? –le preguntó él–. ¿No te ven como una inversión?

–Por supuesto que cuidan de mí, pero... si no puedo bailar, no puedo bailar. Y la verdad es que últimamente he tenido que ajustar mi presupuesto. En otras circunstancias, en otra cita, insistiría en pagar la mitad de la cena, pero ahora mismo estoy sin blanca.

–¿Piensas que esto es una cita, Ruby?

Ella dejó el tenedor que había estado a punto de llevarse a la boca.

–No... no lo creo.

–Ya ha quedado claro que hay algo interesante entre nosotros, ¿no?

–¿Es así como suele seducir a las mujeres? –le preguntó ella–. Pensé que sería un poco más sutil.

Volvió a tomar el tenedor y se comió un bocado de pasta mientras arqueaba las cejas.

–No me parecía que fuese necesario ser sutil. A mí me ha quedado bastante claro que te resulto sexualmente atractivo.

Ella se llevó una mano al pecho, sobre los pequeños pechos. Y él pensó que era exquisita. De hecho, se permitió imaginarse aquellos pechos desnudos y a él pasando la lengua por sus pezones rosados.

–¿Qué? ¿Te sorprende que te hable así?

–Me sorprende que diga eso cuando ha sido usted el que has estado tanteando el terreno toda la noche.

–¡Ja! ¿Eso piensas?

–Por supuesto. Cada vez que le hablaba, invadía mi espacio personal. En cuanto me apartaba un centímetro, volvía a estar pegado a mí, tocándome.

–¿Tocándote? –repitió él, haciendo un esfuerzo por contener una carcajada–. En ese caso, acepta mis disculpas. No me he dado cuenta de que intentabas apartarte ni de que quisieses que dejase de invadir tu espacio personal. De hecho, he tenido la sensación de que tú invadías también el mío. Casi diría que te has frotado contra mí. Tal vez, como bailarina, eso te parezca normal, pero para el resto de los mortales… yo diría que ha sido una provocación.

Mientras hablaba observó su rostro. Se le habían dilatado las pupilas y le costaba tragar.

–¡Pero si ha sido usted el que me ha provocado a mí!

–Tienes unas orejas y un cuello muy sensibles.

Añadió él, viendo cómo se ruborizaba Ruby.

–No eras capaz de quedarte recta cuando te hacía una pregunta, era acercar los labios a tu oreja y sentir que te derretías.

Ella puso los ojos en blanco, pero también sonrió y se ruborizó todavía más.

–Solo he hecho mi trabajo –le respondió–. No es culpa mía que lo haya interpretado así.

–Por supuesto –le respondió Matteo, que conocía muy bien a las mujeres y sabía lo que era real y lo que no–. Lo voy a pensar durante el postre. Si estoy equivocado, me disculparé, si no…

–Ya veremos –le dijo ella, encogiéndose de hombros.

Matteo se inclinó hacia delante y tomó su mano.

Ella no la apartó. Él trazó las delgadas venas con el dedo pulgar y ella contuvo un suspiro.

—Sí, ya veremos.

Le acarició el antebrazo y ella cerró los ojos.

—Me he quedado sin ir al casino esta noche, pero apuesto a que, antes del amanecer, habré descubierto todas tus zonas erógenas.

—Le advierto que el sexo no es lo mío —le dijo ella sonriendo.

Él se inclinó hacia delante y la miró a los ojos, y entonces vio cautela y a la niña que Ruby debía de haber sido, pero esta cerró enseguida los ojos, presa del deseo.

Él inclinó la boca y le dio un beso lento y suave en los labios. Después se apartó muy lentamente.

—Estoy dispuesto a arriesgarme.

Ella sonrió y abrió los ojos.

—De acuerdo.

Capítulo 6

RUBY salió a la terraza y se acercó al muro que separaba el ático de Matteo del resto del increíble paisaje urbano londinense. A sus pies miles de luces iluminaban el Támesis. Los barcos se deslizaban por la superficie y el cielo estaba completamente descubierto.

Una ligera brisa le acarició la piel y Ruby se tocó los brazos. Miró la copa de champán medio vacía que había dejado sobre el muro y escuchó la voz apagada de Matteo, que atendía en el interior la tercera llamada de la noche.

Era la vida de un banquero.

Ella no había tenido ni idea de que hubiese personas que vivían así, esclavas del teléfono día y noche, y se imaginó, por un instante, que formaba parte de aquello, que tenía dinero y una casa con vistas, que asistía a fiestas. Se imaginó las reuniones en las salas de juntas y a Matteo haciendo una presentación mientras todo el mundo lo observaba. Era un mundo muy distinto al suyo.

Ella siempre se había imaginado sola, sobre el escenario, intentando esforzarse lo máximo posible, bailando.

No había pensado más allá. No se había imaginado

que se casaría con un hombre guapo, ni que tendría hijos.

Nunca había visto aquellas cosas en su futuro y, hasta aquel momento, jamás había pensado que las echaría de menos. Su sueño siempre había sido el mismo desde que tenía memoria. Desde que había dado las primeras clases de ballet en el salón de la iglesia y la profesora le había dicho a su madre que tenía mucho talento. Había bailado en todas partes: en la parada del autobús, en el supermercado, y todo el mundo la había mirado con una sonrisa.

Todo el mundo, menos su madre, que había estado ausente, en su propio mundo, siempre con el teléfono cerca, con el corazón roto. Hasta que había conocido a George.

Para ella había sido como subirse a una colina y ver, desde allí, que el camino se dividía en dos. Había tenido que elegir entre una vida nueva en Cornwall, con su madre y George, aunque su madre solo estaría pendiente de él y allí ella no habría podido bailar; y…

Volvió al presente al oír que Matteo terminaba la llamada y se acercaba a ella. Se le aceleró el corazón y se le hizo un nudo en el estómago. Había sido todo un caballero desde que habían salido del restaurante. Demasiado. Atento, amable…

Lo vio detenerse en la puerta, con el primer botón de la camisa desabrochado y sintió deseo por él, pero no intentó contenerlo. Aquella batalla ya estaba perdida.

—Lo siento —se disculpó Matteo, acercándose y agarrándola por la cintura.

Le dio otro beso en los labios y después se apartó

y sonrió, como había hecho en varias ocasiones durante la última hora.

—Espero que no te importe, y que no vuelvan a molestarme hasta mañana por la mañana.

—Supongo que un banquero nunca descansa. Siempre tiene que ocuparse de algo. La gente rica debe ser difícil de mantener.

—Tienes razón. No es precisamente lo que más me gusta de mi trabajo. En verano estaré casi todos los fines de semana en la Riviera francesa, organizamos una regata allí y vienen muchas personas importantes. Suena muy bien, pero yo estoy hasta arriba. Es agotador.

—Ya me he dado cuenta esta noche.

—Pero tú podrías ser un buen antídoto —le dijo Matteo, inclinándose a darle otro beso—. Jamás habría pensado que diría que me he divertido en el ballet, pero es verdad.

La acercó a él y empezó a darle besos en el cuello.

—Gracias a ti…

Ella volvió a sentir que se derretía entre sus manos. Se giró entre sus brazos, ansiosa porque la besase en los labios, porque la acariciase, pero cuando parecía que se la iba a llevar a la cama, Matteo paraba, como un director de orquesta, estableciendo el ritmo de su pasión.

Era la primera vez que Ruby se sentía así.

Él se acercó hasta donde estaba enfriándose el champán, tomó la botella, llenó una copa y se la ofreció. Después hizo lo mismo con la suya. No habían probado los pequeños pasteles ni las fresas. Ruby le dio un sorbo a su copa, pero lo cierto era que en esos momentos lo único que quería era a Matteo.

—¿Qué te parecen las vistas? —le preguntó él—. Espectaculares, ¿verdad? No me canso nunca de esta ciudad. Ni siquiera Roma me gusta tanto. Y eso que llevo a Roma en mi sangre.

Puso el brazo alrededor de sus hombros mientras miraban hacia el río, donde se cruzaban dos barcos con música.

–Si te soy sincera, es la primera vez que veo la ciudad desde las alturas. Es un Londres muy distinto al que yo conozco, aunque en realidad no estemos tan lejos. ¿Ves esos autobuses de ahí? Yo suelo montar en ellos mientras que tú estás aquí. ¿Tienes uno de esos?

Señaló un helicóptero que sobrevolaba el tejado de un edificio cercano.

–En estos momentos, no. ¿Cuál es tu mundo? ¿Se ve desde aquí? –le preguntó, volviendo a agarrarla por la cintura.

–Allí está Croydon, donde crecí. Antes de que mi madre se marchase y yo me quedase interna en el British Ballet.

Hizo una pausa, esperando a que Matteo le hiciese alguna pregunta más. Casi todo el mundo sentía curiosidad por saber por qué su madre se había marchado a trescientos kilómetros de allí y se había olvidado de su hija. Ella tampoco lo entendía muy bien, pero no la culpaba.

Al principio la intención había sido buena, pero todo se había estropeado aproximadamente un año después. Había ido a verla y la había llamado por teléfono y Ruby se había esforzado en no llorar porque no había querido dejar la compañía para marcharse a Cornwall y, allí, verse eclipsada por George y por los gemelos que estaban a punto de nacer.

Los gemelos que ya tenían dieciséis años, ya eran casi adultos, y por los que seguía sin sentir nada. No sabía si era porque no se parecían a ella, eran rubios como su madre, y de constitución robusta, como George, mientras que ella era morena y menuda…

Clavó la vista en el cielo, en el interminable horizonte. En alguna parte tendría familiares que se parecerían a ella. Tíos, tías, primos, hermanos y hermanas. Personas con sus mismos rasgos, que pensaban como ella, tal vez, algún bailarín…

Era su sueño favorito. Bailar en un escenario extranjero con su padre entre el público. Entonces él la llamaba y ella lo veía y le gritaba: «¡Padre!».

Sintió que le ardían los ojos, Matteo se acercó más y ella se puso tensa. Por un momento, volvió a sentirse perdida en aquel oscuro escenario, buscando aquel rostro.

–Supongo que fuiste una niña con mucho talento –comentó él.

Notó que le ponía la mano en la nuca y le gustó sentir sus dedos calientes y fuertes. No intentó apartarse. Esa noche estaban aflorando emociones que había mantenido enterradas durante mucho tiempo. Tal vez fuese por el champán, o por las suaves caricias de Matteo.

Se giró entre sus brazos. Se dieron otro beso suave. Matteo se apretó contra ella.

–Más o menos –le respondió, suspirando, agradeciendo que la sacase de los recuerdos.

–Estoy deseando verte bailar –le susurró él.

Empezó a besarla en el cuello y ella echó la cabeza hacia atrás, suspiró y se relajó contra su cuerpo. Él siguió subiendo hasta su oreja e hizo que se estremeciera de placer.

—Matteo, por favor… —gimió.

—Te gusta, ¿verdad? —murmuró él—. Una de tus zonas erógenas. Y nos quedan otras por descubrir, antes del amanecer.

Volvió a besarla, le mordisqueó y le chupó la piel. Ruby estaba cansada de contenerse, cansada de sentir sed de vivir, de privarse de la diversión y el placer. Había trabajado mucho para llegar adonde estaba y se sentía agotada.

Había vivido siempre respetando sus propias reglas: entrenamiento y abstinencia, con demasiado miedo para parar.

Así que se merecía aquella noche. La necesitaba.

Notó cómo se le erguían los pechos debajo del vestido y sintió un deseo casi insoportable. Se apretó más a Matteo y arqueó las caderas contra él.

Él siguió besándola apasionadamente y ella le correspondió mientras pensaba en deshacerse del vestido rojo para poder notar sus manos en el cuerpo.

Quería sentirse como sabía que Matteo la iba a hacer sentir.

—Olvídate de la apuesta y llévame a la cama —le pidió.

Y él dejó de besarla. Ruby lo miró a los ojos castaños y esperó a que tomase el control e hiciese lo que tenía que hacer.

Alargó una mano y le tocó los labios.

—Eso es exactamente lo que tenía pensado hacer —respondió él.

Matteo tomó su mano y la llevó al interior. Atravesó el salón, donde Ruby había dejado el bolso, encima del sofá de cuero oscuro y donde él se había deshecho de la pajarita también.

Vio a través de una puerta abierta un cuenco lleno de fruta, el único rastro de vida en una cocina reluciente y estéril. En el pasillo a oscuras distinguió algunas fotografías, una de su madre con el pelo suelto, en la proa de un yate, que la hizo sentirse incómoda, desleal.

Él debió de notarlo porque se giró y la miró a los ojos. Tomó su barbilla y la besó con deseo.

Después atravesó una puerta que daba a un dormitorio. Su dormitorio. La moqueta color ocre estaba cubierta por alfombras y varios muebles, y estaba iluminada solo por el resplandor de las dos lamparitas que flanqueaban la cama.

Ruby entró en la habitación. Ya estaba hecho. Allí era donde la iban a seducir.

Miró a su alrededor con el corazón acelerado y Matteo tendió una mano hacia ella.

—Llevo toda la noche admirando tu vestido —comentó, pasando un dedo por el escote—. Y preguntándome cómo estarías sin él…

Rozó la parte alta de sus pechos con el dedo y ella tembló y cerró los ojos. Después la agarró por las caderas y le dio un beso.

«Bésame y no pares», pensó Ruby, encantada con la sensación, preguntándose cómo había podido negarse durante tanto tiempo semejante placer.

Apoyó las manos en su pecho y sintió el vello en las palmas, acarició sus musculosos pectorales y lo oyó gemir de placer.

Con manos temblorosas, le desabrochó la camisa y se la abrió para descubrir un pecho bronceado cubierto por una fina capa de pelo que bajaba en forma de flecha hasta perderse debajo del pantalón. Le sacó la camisa de los pantalones y clavó la vista un instante en el bulto de la bragueta.

Había visto muchos cuerpos de hombre, hombres físicamente perfectos, bañados de sudor, completamente depilados, pero ninguno tan masculino como el de Matteo.

Se mordió el labio inferior, lo miró a los ojos y sonrió con malicia.

—¿En qué estás pensando? —le susurró él, guiándola hasta la cama y colocándola encima de él.

Ella se levantó la falda hasta la cintura y se sentó a horcajadas.

—En ti —le respondió, balanceándose con suavidad, hacia delante y hacia atrás.

Su erección aumentó con el contacto. La tela de las braguitas de Ruby era muy fina y la sensación le resultó casi insoportable. Volvió a moverse encima de él. Era maravilloso.

Él alargó las manos para tocarla, pero Ruby se lo impidió.

—No te muevas —le dijo.

Cerró los ojos y volvió a frotarse. Estaba a punto de llegar al orgasmo.

—Por favor, no te muevas.

Y él no se movió, pero su erección creció.

—Eres una chica muy, muy mala.

Ruby lo miró… y volvió a moverse.

—¿Quieres que me quede aquí parado, entre tus

piernas, y que no te toque mientras llegas sola al clímax? ¿Es eso lo que quieres?

Ella echó la cabeza hacia atrás y se frotó con más fuerza.

Notó que Matteo la agarraba de los brazos.

–Vas a pagar por esto, Ruby.

–¡Sí, sí! –gritó ella, moviéndose con más intensidad.

En el silencio de la noche podía oír el ruido que hacía la tela de su vestido, podía sentir la suavidad de las sábanas en los pies. Y oír cómo sus pieles se rozaban, y la respiración de Matteo, y su pasión.

–Venga, Ruby, venga.

Y entonces explotó.

Luego se dejó caer sobre su pecho, con el corazón acelerado. Él le acarició la espalda, el pelo, y un segundo después la hizo girarse.

–Me alegro de haberte ayudado. Ahora, si no te importa…

Buscó la cremallera del vestido y se lo desabrochó muy despacio.

Luego se echó hacia delante y la besó en los labios antes de tirar hacia abajo para quitárselo. Ella se quedó tumbada, aturdida después del orgasmo, solo con la ropa interior. Sintiéndose bien, maravillosamente.

–Eres todavía más preciosa de lo que imaginaba –susurró Matteo, desabrochándose los pantalones y quitándoselos.

Ella volvió a arder de deseo al verlo desnudo. Alargó las manos para tocarlo, pero él le agarró las muñecas y se las bajó.

–No, no. Ahora me toca a mí.

Unos segundos después la estaba besando en los labios para después bajar por el pecho. Ruby arqueó la espalda, desesperada porque llegase a sus pechos.

—Por favor, Matteo… —gimió.

Él la miró con malicia y retrasó el momento.

—Vas a tener que aprender a ser paciente —le dijo antes de bajar para cubrir con la boca uno de sus pezones rosados.

—Sí… —dijo ella.

—Sí —repitió él.

Jugó con su pecho hasta que se hubo cansado de él y después pasó al otro.

Cuando terminó la hizo bajar en la cama para colocarla mejor y le preguntó:

—¿Debo tener cuidado con tu rodilla? ¿Puedo hacerte daño?

Ella negó con la cabeza.

—Solo si me dejas caer con fuerza.

—No tenía pensado hacer eso. Se me ocurren cosas mucho mejores.

—¿Como qué? —le preguntó ella en un susurro.

—Todavía llevas demasiado ropa —le dijo él, bajando con los labios hasta el ombligo, apoyando las manos en su trasero y sujetándola como si se tratase de un objeto muy valioso.

—Soy feminista —le informó ella, agarrándolo por el cuello—. Lo que es bueno para ti, es bueno para mí.

—Y eres fuerte, ¿verdad? —le dijo él—. No debería meterme contigo.

—Si quieres luego peleamos, pero antes vamos a divertirnos un poco más —le respondió Ruby, tirando de sus calzoncillos para bajárselos.

Pero él la hizo rodar en la cama y la besó.

Después, se quitó los calzoncillos y le quitó también a ella la ropa interior. Luego buscó un preservativo en el cajón de la mesita de noche. Ella se quedó mirando cómo se lo ponía.

–Separa las piernas –le pidió Matteo con voz ronca.

Ruby clavó la mirada en el techo mientras él se colocaba encima y volvía a besarla justo antes de penetrarla.

Capítulo 7

RUBY despertó en mitad de la noche, en una cama extraña, en una habitación que no era la suya, con el cuerpo en tensión. Estaba en la más completa oscuridad y en silencio, lo único que se oía era la respiración de Matteo a su lado.

Matteo Rossini, el Director General de Banca Casa di Rossini, que tenía fama de mujeriego y que era al patrocinador del British Ballet. El último hombre de la tierra con el que debía haberse acostado.

¿Qué había hecho? ¿Cómo había podido terminar en su cama?

Repasó mentalmente los acontecimientos de la noche anterior. Se dijo que había habido demasiada emoción, que había desenterrado demasiados recuerdos. Y que había bebido demasiado champán y vino. Ese había sido sin duda el problema.

Intentó recordar cuántas copas se había tomado. ¿Dos? ¿Tres?

¿Era la resaca la culpable de que le doliese la cabeza?

Porque aquello era peor que una resaca.

No tenía sentido engañarse.

Jamás debía haber accedido a pasar la noche allí. Tenía la sensación de haber entregado algo que jamás podría recuperar. Sabía que tenía fama de rara, pero si en ocasiones se apartaba del resto no era porque se sintiese superior, sino todo lo contrario…

Se dijo que tenía que salir de allí cuanto antes.

Pero entonces notó el peso del brazo de Matteo en la cintura.

Quería salir de la cama, pero no se movió. Se quedó muy quieta. Se dijo que tenía que pensar antes de salir corriendo hacia la puerta.

Despertar en la cama de un hombre no era lo peor que le podía pasar en la vida. Le ocurría a muchas personas.

Pero su brazo pesaba tanto, lo tenía tan cerca. Aspiró su olor y después espiró lentamente. Qué noche. Había hecho muchas cosas por primera vez, como sentir y dar placer hasta quedarse profundamente dormida.

Y Matteo, tal y como ella había imaginado, había sido un amante increíble. Y considerado. No tenía mucho con qué compararlo, pero sabía que había sido la primera vez que se había sentido así.

Suspiró y él respondió con un gruñido, como si la hubiese oído.

Ruby se preguntó por qué estaba así. Por qué no podía dormir. Ya le habían dicho antes que le ocurría algo, porque no era capaz de pasar la noche entera con un hombre.

Pero tuvo la sensación de que marcharse de la cama de Matteo, después de lo que habían compartido, no estaba bien.

En la oscuridad de la habitación empezó a distinguir una silla, una mesa, una fotografía enorme de una isla.

El haz de luz que entraba por debajo de la puerta iluminaba suavemente la ropa tirada en el suelo. Su vestido rojo estaba encima de una silla.

Le había gustado ponérselo la noche anterior. Había recibido muchos cumplidos, pero era un vestido que no volvería a utilizar.

Matteo no tardaría en marcharse á Roma, asistiría a más fiestas elegantes con personas elegantes.

Se lo imaginó en ellas.

Con lady Faye y otras mujeres como ella.

Intentó recordar si la había mencionado, o a alguna otra, la noche anterior, tenía la sensación de que no. En realidad, no había hablado casi de él, solo le había contado lo del rugby.

Pero Ruby sabía que había estado con muchas mujeres. Y que ella era una más…

Eso la hizo sentirse incómoda.

Matteo volvió a gruñir. Estaba empezando a despertarse. Si ella se quedaba inmóvil, tal vez volviese a dormirse más profundamente. Entonces, podría escapar sin tener que hablar con él.

La respiración de Matteo volvió a hacerse más intensa y Ruby supo que tenía que aprovechar la oportunidad. Salió de debajo de su brazo y de la cama y, con sumo cuidado, apoyó un pie en el suelo y después el otro.

Buscó los zapatos y recogió el vestido de la silla. Y después atravesó el dormitorio de puntillas, abrió la puerta con cuidado y salió al pasillo.

Tenía que llamar a un taxi y salir de allí lo antes posible. Se vistió y buscó su bolso, y entonces se giró y se dio cuenta de que Matteo la estaba observando desde la puerta de la cocina.

–Hola –le dijo con voz ronca–. Veo que ya te has levantado.

–Sí –le respondió ella–. Tengo que marcharme. Tengo mucho que hacer.

Él abrió el grifo y llenó un vaso de agua.

–Me lo podías haber dicho y habría puesto la alarma. ¿Quieres agua?

Él bebió y se limpió la boca con el dorso de la mano. Y Ruby se quedó hipnotizada mirándolo, pero negó con la cabeza y giró el rostro.

–No, gracias. ¿Puedes llamar a un taxi?

Él puso la cafetera y la miró por encima del hombro.

–¿Un taxi? –le preguntó–. ¿No quieres quedarte a desayunar? Puedo pedir que nos traigan lo que te apetezca. Anoche tenías mucho apetito…

–Tengo prisa.

Él volvió a mirarla, había algo en su mirada que Ruby no supo descifrar.

–En ese caso, no quiero entretenerte.

–Tenía que habértelo dicho anoche, lo siento.

–No pasa nada.

Matteo la miró y después añadió:

–Anoche fue estupendo, Ruby. Una noche increíble.

–Sí. Gracias.

Él levantó ambas manos.

–¿Gracias? No termino de entender lo que está ocurriendo aquí. ¿No te apetece quedarte un rato más?

Se acercó a ella y alargó las manos para apoyarlas en sus hombros, pero Ruby se apartó.

Luego lo miró y, por un instante, deseó poder meterse entre sus brazos y volver a disfrutar con él.

Pero no se movió de donde estaba. No podía volver a dejarse llevar.

Así que negó con la cabeza.

—No puedo. Tengo que marcharme. Lo siento. Tengo... cosas que hacer.

Él la estaba estudiando con la mirada.

—Está bien. No tienes que darme ninguna explicación. Yo también tengo mucho que hacer.

—Sí, espero que todo vaya bien. ¿Puedes llamar a un taxi, por favor?

Él la miró y tomó el teléfono.

—Que venga el coche —dijo.

La miró a los ojos y el café empezó a subir.

—No tardará.

—Puedo esperar abajo.

—Si lo prefieres.

Ruby atravesó el recibidor y sintió que las fotografías que había colgadas en las paredes se burlaban de ella, que estaba desesperada por salir de allí.

Se miró en el espejo y entonces sonó la campana del ascensor.

—Espera —le dijo Matteo, apareciendo con unos pantalones de deporte.

Las puertas se abrieron y ella entró y deseó que volviesen a cerrarse antes de que a Matteo le diese tiempo a llegar, pero llegó y su presencia lo invadió todo.

—No hace falta que hagas esto —le dijo ella, bajando la cabeza.

—Te voy a acompañar al coche.

Bajaron los treinta pisos en silencio. Ella, mirándose los zapatos. El satén de uno de ellos estaba rallado. Él iba descalzo.

–Tengo la sensación de que aquí pasa algo –comentó Matteo–. ¿Qué es lo que he dicho? ¿Qué he hecho mal?

Estaban casi en la puerta. Delante tenían una mesa redonda de cristal con un frutero encima. Apareció un coche.

Él la hizo girarse y Ruby lo miró a la cara. Memorizó las líneas de sus párpados, el puente de su nariz, su labio inferior. No volvería a verlo.

–Lo siento –le respondió–. No eres mi tipo.

Él puso gesto de dolor, como si lo acabase de abofetear.

Un portero apareció en la puerta y la abrió.

La puerta del coche también estaba abierta. Ruby avanzó y entró.

–Nadie lo es –añadió en un susurro mientras el coche aceleraba.

Capítulo 8

LA SALA de espera de la clínica era alegre y luminosa. Las revistas estaban ordenadas en un revistero que había colgado de la pared y debajo había una fuente.

Enfrente, encima de un sofá, había una televisión y, a su izquierda, las recepcionistas vestidas de blanco daban la bienvenida a los pacientes y hacían otras labores.

Ruby estaba sola. Recta y con las rodillas juntas, agarrada al borde de la silla, esperando.

Cuando la llamaron, se levantó de un salto.

Una mujer vestida de blanco, con una carpeta en la mano, le preguntó:

–¿No la ha acompañado nadie?

Ruby negó con la cabeza. ¿Por qué siempre le preguntaban eso?

La expresión de la otra mujer se suavizó ligeramente.

–Sígame.

Ruby avanzó con cuidado. No sentía dolor. Estaba bien. Todo iba a salir bien. Siguió a la mujer por un pasillo. Era la primera vez que estaba en aquel hospital. El equipo médico solía ir a su estudio, pero su doctora trabajaba allí y le había pedido que fuese a verla.

Desde que le habían dado la cita, había estado nerviosa y preocupada. No tenía por qué significar que fuesen a darle una mala noticia. Tal vez la doctora prefiriese verla en la consulta.

Aunque sabía que a nadie le pedían que fuese allí.

—Entra, entra —le dijo la doctora, poniéndose en pie al verla llegar—. ¿Has venido con alguien?

Ruby se contuvo para no contestarle mal y, en su lugar, negó con la cabeza.

La habitación era como una caja cuadrada y estéril, con una ventana y un escritorio. Encima de este había papeles y un ordenador. Se sentó en una silla con cuidado. No sintió dolor. Iban a darle el alta. Podría volver a ensayar. Todo iba a salir bien.

—¿Qué tal la rodilla?

—Bien. He tenido mucho cuidado. La fisioterapia y la hidroterapia me han ayudado. Y he seguido la dieta. Estoy deseando volver.

—¿Y el otro dolor?

—Ya casi no lo noto, creo.

La doctora asintió.

—Te hicimos unos análisis, como sabes, cuando mencionaste que te dolía la espalda.

Ruby era consciente. Llevaba una temporada sintiéndose cansada, con sueño. Apretó las rodillas y se sentó todo lo recta que pudo. Levantó la barbilla y se preparó para oír lo que tuviesen que decirle.

—¿Hay algo que quieras contarme?

La doctora se había puesto a leer algo en la pantalla.

−¿No? En ese caso, te diré que te hicimos también una prueba de embarazo, como a todas las mujeres en edad fértil.

No era posible. No podía estar embarazada, sintió náuseas solo de pensarlo.

−Eso explica el resto de los síntomas. La bajada de tensión, el dolor de espalda…

−Pero soy bailarina −respondió ella, aturdida.

−Las bailarinas también tienen bebés −respondió la doctora, como si fuese algo obvio y maravilloso.

−Pero yo no puedo tener un bebé. ·

−¿Por qué no?

Ella pensó en su madre, enfadada, llorosa. Ruby estaba sentada a su lado en un banco de un parque, de niña, con la mano apoyada en su pierna para reconfortarla.

−¿Estás bien, mamá?

−No, Ruby, no estoy bien. ¡Odio esta vida! Es tan injusta…

Su madre nunca había sonreído cuando estaban las dos solas, solo cuando había habido alguien más. Entonces, le había pedido que bailase para ellos y todo el mundo había sonreído, también su madre.

Y aquello era lo único que ella había querido, ver a su madre sonreír, hacerla feliz. Pero después se acababa la música, se marchaba la gente, y volvían a estar solas y tristes.

Ella se quedaba en su cama, en silencio, sabiendo que su madre quería salir con sus amigos, y rezando porque no la dejase sola.

No, no podía tener un hijo porque no quería volver a aquel mundo. No podía cuidar de un bebé ni darle todo lo que necesitaba. No podía causar tanto dolor. De hecho, solo conseguía aliviar el suyo bailando. No podía ser responsable de otro ser vivo.

—Sé que la noticia te ha sorprendido. Puedo pedir que alguien hable contigo, que te ayuden… ¿No tienes a nadie? ¿El padre?

El padre era Matteo Rossini.

Aquello era lo que ocurría cuando uno se dejaba llevar. ¡Un desastre!

No podía haber bajado la guardia con una persona peor. Había pensado que tal vez Matteo la llamaría, pero no lo había hecho. Ya se habría acostado con muchas otras mujeres desde entonces.

Ruby ni siquiera sabía si admitiría que habían estado juntos. Había utilizado protección y a ella le había parecido muy bien porque no podía correr el riesgo de quedarse embarazada.

—Voy a buscar unos folletos. Barajaremos varias opciones.

Ella no podía pensar en opciones. Matteo tendría que asumir su responsabilidad y permitir que ella continuase con su vida. No había más. No podía ser madre.

Respiró hondo e intentó tranquilizarse. Pensar.

Se puso en pie.

—Entonces, si lo he entendido bien, tengo el alta de la rodilla y los ligamentos están bien, puedo volver a bailar.

—Tu cuerpo cambiará durante el embarazo, pero recibirás la ayuda que necesites.

Su cuerpo era su única arma en aquel mundo. Necesitaba que funcionase bien.

Se le cerró la garganta, tenía miedo.

«Céntrate, céntrate», se dijo. «Has llegado muy lejos. Ya casi lo has conseguido. Céntrate en lo bueno y olvídate de todo lo demás, como cuando llamas a mamá».

Tragó saliva.

–¿Los análisis han salido bien? ¿Todo está bien?

–Ruby, estás embarazada. Sé que no te lo esperabas, pero estoy aquí para ayudarte.

Ella se puso el bolso en el hombro, miró dentro, tenía el monedero, el teléfono, las llaves. Todo. Tenía que marcharse. Se miró el reloj. Eran las once y media. Tenía todo el día por delante. Pronto tendría los días completos otra vez.

Cada cosa a su tiempo.

–Gracias, te llamaré si necesito algo. Qué día tan bonito –comentó, mirando por la ventana.

Salió de la consulta y avanzó por el pasillo, pasó por delante de la sala de espera y de la recepción y salió a la luz del sol.

Podía volver a ensayar. Y eso era estupendo.

«Vas a tener un bebé».

Se dijo que debía llamar a alguien para darle la noticia. La noticia de que podía volver a bailar. Iban a empezar a ensayar para la temporada de invierno. Tenía la oportunidad de conseguir un papel principal.

Para diciembre.

Se vino abajo. ¿Cómo estaría en diciembre? No le darían ningún papel, no contarían con ella hasta después del nacimiento del bebé.

¿Y qué haría hasta entonces? ¿Y después? No podía permitirse tener un bebé.

Llegó sin darse cuenta al metro. Bajó y esperó en el andén, sintiendo el insoportable calor que la rodeaba. Oyó llegar al tren en la distancia.

Y pensó que solo podía hacer una cosa.

Capítulo 9

MATTEO se puso los gemelos. Se abrochó el
único botón de la chaqueta del traje y estiró
el cuello. ¿Debía ponerse corbata o no? No.
Ni pañuelo en el bolsillo tampoco.

Se miró en el espejo por última vez. Su imagen no
era estupenda. Tenía que cortarse el pelo, pero no
había tenido tiempo, y también debía haberse afeitado.

Al menos el bronceado ocultaba sus ojeras. Había
merecido la pena pasar dos días en el yate, conven-
ciendo a algunos de los hombres de Europa de que
formasen parte del programa de apadrinamiento de
jóvenes.

Se acercó a la mesa, tomó las llaves y el teléfono.
Tocó la pantalla, abrió los contactos y buscó el que
quería: *Ruby, Ballet*. Tenía que borrar aquel número.
Había hecho bien al no llamarla, solo podía causarle
problemas. Le había costado concentrarse a partir de
aquella noche y esos momentos no tenía tiempo para
eso. A decir verdad, la jugada le había salido bien.

Se bajó las mangas de la camisa por última vez y
atravesó las puertas de la terraza del castillo de la
Croix.

David había hecho un trabajo brillante. Se había

superado a sí mismo en la organización de la regata Cordon d'Or aquel año, alquilando aquel castillo. No había un evento igual en toda la Riviera.

Fuera se estaban ultimando los preparativos. Habían colocado tres carpas enormes en el jardín. El pequeño muelle del castillo ya estaba lleno de lanchas que trasladaban a los invitados desde barcos más grandes. En el cielo, el ruido de los rotores anunciaba la llegada de la prensa.

Y entre todas aquellas personas estarían el tranquilo, conservador y religioso Augusto Arturo y su esposa, Marie-Isabelle.

Matteo caminó entre un mar de sillas forradas de lino blanco y de mesas cubiertas de manteles. Las carpas estaban decoradas con enormes lazos dorados y cintas de seda también dorada. Había centros de rosas blancas sobre las mesas y las mismas flores decorando los arcos. Los invitados estaban empezando a llegar y los jóvenes que habían navegado aquella mañana estaban brindando ya.

Él los envidió por su libertad y despreocupación. Había sido inocente en el pasado.

—Ya va tomando forma, David —dijo, aceptando la cerveza que le ofrecía su asistente y echando a andar con él—. ¿Va todo tal y como estaba planeado?

—Hasta el momento, sí. Arturo y Marie-Isabelle llegarán en media hora. Haré esperar a los otros invitados hasta que estén dentro. Un par de fotos y después podrás llevártelos a la terraza oeste. La puesta de sol será preciosa. Y tú, irresistible, estoy seguro.

—¿Y Claudio? —le preguntó él—. ¿Piensas que intentará hacernos alguna jugarreta más?

–Bueno, el montaje que hicieron anoche acerca de tus exnovias no fue de mucha ayuda, pero no sé si tiene algo más.

Matteo se quedó pensativo. ¿Tendría Claudio algún as en la manga?

–Yo tampoco sé de nada más, pero eso no significa que no lo haya. Hay que mantenerse alerta.

–Lo he analizado desde todos los ángulos una y otra vez. Y no pienso que pueda sacar nada para lo que no estés preparado. Hemos sobrevivido a Faye, ¿no? Y no ha salido nada de esas fotografías tuyas con aquella bailarina.

–Cierto.

Había llegado al borde del lago. Matteo clavó la vista en el agua y pensó en ella.

Había pensado que conocía a las mujeres, pero aquella mañana se había dado cuenta de que no sabía nada de ellas. Él había estado dispuesto a tener una segunda cita y ella…

–No eres mi tipo –le había dicho.

Tal vez no conociese a las mujeres, pero sabía cuándo le mentían.

Sacudió la cabeza e intentó borrarla de su mente. Se giró hacia el castillo de nuevo. Sus invitados iban allí a pasarlo bien y después se marcharían a otro lugar a seguir pasándolo bien.

Él, no. Después de la noche con Ruby no había vuelto a estar con nadie.

Sacó el teléfono, miró la hora. Faltaban diez minutos para que se subiese el telón.

Aquella noche todo dependía de él. Su madre había dado un paso atrás, pero él se alegraba de que fuese feliz trabajando para los niños de África. Nunca la había visto tan feliz desde la muerte de su padre.

Cómo lo echaba él de menos. Demasiado.

Se tocó la muñeca con la mano derecha, tocó el reloj de su padre, lo único que había sobrevivido al accidente.

Jamás podrían demostrar que Claudio había provocado aquel accidente. Nadie lo acusaría de haber abierto la botella de whisky y habérselo hecho beber a su padre, pero era el único que había sabido de su alcoholismo, había estado a su lado mientras luchaba contra él.

Y había sido la persona que había hecho que volviese a caer. Su padre y él habían discutido y después Claudio le había robado los clientes y había abierto su propio banco.

El día del funeral, aquel terrible día, Claudio se había acercado a él con los brazos extendidos. Había querido enterrar el hacha de guerra, y Matteo había necesitado que lo reconfortasen. Claudio había sido el mejor amigo de su padre y parecía arrepentido, y él había deseado abrazarlo. Había estado a punto de hacerlo cuando había oído decir a su madre:

—Apártate de mi hijo. No lo toques. No sé cómo te has atrevido a venir aquí, no vuelvas a hacerlo…

Y entonces Matteo lo había entendido todo. Claudio no había estado enamorado de su madre, sino de su padre. Aquel era el motivo por el que su presencia había ensombrecido su vida durante años.

Su padre, su héroe, su pilar.

¿Quién era el hombre al que acababan de enterrar? Polvo y cenizas y la verdad en la tumba con él. Y

Matteo había sentido que toda su vida se convertía en polvo también.

Entonces había levantado el puño y lo había golpeado. Su madre había gritado, al igual que otras mujeres. Y varios hombres se habían acercado a sujetarlo. Claudio había retrocedido con la mano en la mandíbula.

—¡Márchate de aquí! ¡Vete de nuestra casa o te mataré!

Recordó su propio grito. Recordó lo que le había dicho. Recordó las caras de los policías mientras le decían que no iban a denunciarlo por agresión, pero que tenía suerte. Y que no culpase a nadie de la muerte de su padre, que no se podía probar que el alcohol que habían descubierto en su sangre fuese responsabilidad de nadie más.

Su madre se había derrumbado después de haber confesado sus secretos.

Y él se había enterado de que la relación de su padre con Claudio había sido algo más que una amistad.

Después había hecho aquel viaje de vuelta a St. Andrew's, a ver a Sophie, a verla sonreír y sentir sus brazos. Pero no había podido perderse en ellos porque se la había encontrado desnuda con otro hombre. Se había sentido rodeado por la traición. Había sentido que nada era seguro. Que el amor no servía para nada.

—¿Matteo?

Oyó la voz de David.

—¿Sí?

—Tal vez deberías ir a ejercer de anfitrión.

Estaba allí. Entonces. Su padre había hecho lo que

había hecho, no iba a regresar, pero después de muchos años de trabajo, él iba a conseguir que el banco volviese a despegar. Iba a conseguirlo. Y tal vez consiguiese sentir que la sombra de Claudio no lo acechaba más.

–Vamos –dijo.

Él atravesó el jardín. La gente se giró a mirarlo. Notó las miradas de interés de las mujeres y sus risas al pasar.

Vio las escaleras de mármol blanco y las subió. Al llegar arriba vio a los jóvenes que habían ganado la Medaille d'Or aquella tarde. Bronceados y felices, dispuestos a pasarlo bien. Los saludó y siguió avanzando entre la multitud.

Todo el mundo le sonreía. La marca del banco iba en alza. Era lo que su padre habría querido. Volver a jugar en primera división.

Recibió las alabanzas con una sonrisa, pero sintió que no se las merecía. Hasta que no consiguiese los clientes de Arturo Finance, no se sentiría satisfecho.

Atravesó la terraza y dejó su vaso vacío en una bandeja. Alargó la mano para saludar al hombre que se acababa de acercar a él, el alcalde de la ciudad, con su esposa.

Presentó al alcalde al equipo ganador, se hicieron fotografías, y entraron en la residencia a recibir a más invitados. Una actriz y su novio, recién llegados de Cannes.

Le hizo un cumplido y le preguntó por Cannes.

Y escuchó su respuesta mientras se preparaban para más fotografías. Entonces David le avisó de la llegada de Arturo y Marie-Isabelle.

Matteo se sintió decidido y pensó que no había motivo para estar nervioso, sino para sentirse seguro. Aquel era el primer paso hacia la fusión. Augusto Arturo no habría ido allí si no estuviese dispuesto, pero le gustaba hacerlo a la manera antigua. Le gustaba que se viesen a solas para ir construyendo una relación, y después daría el visto bueno a sus abogados para que se cerrase el trato.

Vio a Augusto salir del coche, vio la atención que este prestaba a su esposa, cómo esperaba a que esta se alisase el vestido, cómo le ofrecía el brazo para ir juntos hasta donde estaba él.

Y entonces, por el rabillo del ojo, vio algo de color rojo que llamó su atención. Se le aceleró el corazón. Sintió presión en la bragueta del pantalón.

Augusto y Marie-Isabelle estaban subiendo las escaleras. Él giró la cabeza hacia la izquierda y vio a David, que, de repente, tenía el ceño fruncido. Vio los flashes de las cámaras en dirección a la figura de rojo.

Así que se giró hacia ella y miró. Y, allí, entre dos guardias de seguridad, con el mismo vestido rojo, estaba Ruby.

Se quedó paralizado un segundo, rodeado de invitados y cámaras, en el momento más importante de su vida profesional. Sintió que el corazón se le salía por la garganta. ¿No podría haber aparecido otra mujer?

Pero era ella, sin duda, y Matteo tardó un momento en analizar la situación. Los dos guardias de seguridad estaban haciendo su trabajo, comprobando si podía entrar o no, pero impresionados por su belleza y elegancia.

Como si el resto del mundo hubiese desaparecido,

Matteo se dio cuenta de que Ruby lo miraba fijamente, implorante, y él supo que ocurría algo. Algo importante.

Un segundo después David estaba a su lado.

–¿Quieres que me ocupe de esto? –le susurró su asistente.

Matteo lo agarró del brazo.

Augusto lo observaba todo mientras le tendía el brazo a su esposa, que estaba subiendo el último escalón. Matteo volvió a mirar a Ruby, después miró a Augusto, que se acercaba más.

Estaban solo a un metro de distancia.

Aquel era su momento. El saludo tenía que ser el correcto. No podía cometer ningún error.

A su alrededor, los invitados sintieron la tensión y empezaron a rodearlo. David se quedó allí también, expectante.

Quisiera lo que quisiera Ruby, tendría que esperar a que estuviesen alejados de las cámaras.

Matteo se acercó a la pareja con los brazos extendidos.

–Qué alegría me da veros a los dos. Estoy encantado de que hayáis podido venir.

Y vio con el rabillo del ojo que la figura vestida de rojo se acercaba.

–¿Puedo hablar contigo, Matteo? –le preguntó esta en voz alta y clara.

Él se quedó inmóvil un instante. Todo el mundo estaba allí, observándolos, esperando.

–Cariño, Ruby. ¡Si estás aquí! –le dijo él, odiándose a sí mismo.

Todos se giraron a mirarla. Marie-Isabelle sentía

curiosidad, pero a Augusto era difícil engañarlo. Matteo tenía el corazón acelerado. David, las cejas arqueadas. Y allí estaba Ruby, deseando contarle algo que Matteo no quería escuchar delante del otro hombre.

Porque eso sería su fin. Con una sola frase se podrían estropear meses de trabajo. Otra mujer de poco fiar… otro desastre.

Le dio un beso a Marie-Isabelle en la mejilla e inclinó la cabeza respetuosamente.

–Si me disculpáis un instante. David os acompañará a la terraza. No tardaré.

Se giró y entonces oyó que Augusto decía:

–Invita a tu amiga a venir, por favor. A la señorita de rojo. ¿No es la bailarina con la que te fotografiaron el mes pasado en Londres? Me encantaría conocerla. ¿Verdad que a ti también, querida?

Marie-Isabelle sonrió.

–Maravillosa idea –respondió Matteo, acercándose a Ruby de dos zancadas y tomando su mano.

No se detuvo a mirarla, ni a ella ni a nadie, y echaron a andar juntos.

Se alejaron de donde estaban los demás invitados, bajaron unas escaleras y atravesaron unas puertas de cristal que conducían a un salón en el que solo había muebles antiguos y unos enormes ventanales que no les permitían ninguna privacidad.

–No sé qué es lo que me tienes que decir, pero hazlo en privado –le dijo él en voz baja, mirando a su alrededor para comprobar que no los oía nadie–. ¿Cómo has sabido que estaba aquí?

Salieron por la puerta y subieron unas escaleras.

Había empleados por todas partes y las habitaciones de la casa se iban a utilizar para hacer entrevistas a las numerosas estrellas que iban a asistir a la fiesta.

–No eres difícil de encontrar –respondió ella, que parecía tensa.

–Es cierto –respondió él–. Supongo que sabrás que esta es la regata más grande que hemos organizado nunca. Y mi madre sigue en África, así que este año estoy yo solo.

Recorrieron un pasillo y se dirigieron hacia una habitación que estaba justo encima de la terraza en la que David estaría entreteniendo a Augusto y a su esposa.

–Aquí.

Abrió la puerta y entraron en un dormitorio. Entonces, Matteo se giró hacia ella y le preguntó:

–¿Qué tal tu rodilla?

Ella cerró los ojos y él recordó aquella maravillosa noche.

–Bien. Me han dado el alta. Estoy bailando otra vez. Por ahora.

–Bien… eso está muy bien.

Ella sonrió un instante, pero pronto volvió a ponerse seria.

–Tienes buen aspecto. Ese vestido te sienta muy bien.

–Es el único que tengo. Me lo he puesto para que me dejasen entrar en tu fiesta.

–Podías haberme avisado y…

–Estoy embarazada –espetó ella.

–¿Qué?

De repente, a Matteo le vino a la cabeza la imagen

de Ruby embarazada. Con el vientre redondo, lleno de vida.

Pero no podía ser un hijo suyo. No podía ser, pero allí estaba ella. Había ido hasta Francia a hablar con él.

—Es tuyo.

—No... —murmuró, sacudiendo la cabeza—. No puede ser. ¿Estás segura?

Matteo se dejó caer en un sillón, enterró los dedos en su pelo. Después se puso en pie y empezó a ir de un lado a otro. Ella se quedó inmóvil, con la mirada clavada en un punto, con gesto inexpresivo.

—¿Cómo es posible? —le preguntó entonces él, acercándose—. Si... ¿Cuándo te has enterado?

Volvió a moverse por la habitación, fue hacia el baño. Entró y abrió el grifo, se llenó las manos de agua fría y se lavó la cara. Se miró en el espejo.

Iba a ser padre. No era posible.

¡No tenía cara de padre!

No estaba hecho para ser padre. Ni siquiera sabía qué iba a hacer con su vida, todavía no había conseguido salvar el banco, cómo iba a formar una familia. No podía ser padre.

Volvió a salir. Ella seguía allí, en el mismo lugar en el que la había dejado.

Tenía los hombros rectos, la piel satinada, los brazos cruzados a la altura de la cintura, sobre el vientre. Y él pensó que aquella mujer con la que había pasado una sola noche estaría unida a él durante el resto de sus vidas. La de él acababa de dar un giro inesperado.

¿Qué había hecho?

Pensó en el castillo, en los invitados, en que Augusto Arturo y su esposa lo estaban esperando. Pensó en su madre, en la sonrisa de su padre, en que tenía la oportunidad de devolver al banco el lugar que debía ocupar.

Y pensó también en aquella mujer, en aquella bella criatura que estaba allí, delante de él, embarazada de él.

¿Por qué no había tenido más cuidado?

Pero en esos momentos tenía que bajar con Augusto, tenía que tranquilizarse y salvar la situación. Tenía que alejar al barco de las rocas.

–¿A quién se lo has contado? –le preguntó a Ruby–. ¿Lo sabe alguien? Necesito saber a qué me enfrento. ¿Cuándo lo publicarán los medios?

Se acercó más a ella, a la perfección de su cuerpo, a la suavidad de su pelo, pero Ruby se apartó.

–¿La prensa? ¿Es eso lo único que te preocupa?

–Por supuesto que no, pero me preocupa. Si se enteran, lo aprovecharán al máximo.

–Antes o después se enterarán, y si tú no cumples con tus responsabilidades…

–Por supuesto que cumpliré con ellas. De eso no cabe la menor duda.

Pero en esos momentos tenía otras responsabilidades que atender. Tenía que volver con Augusto. Tenía que reflexionar acerca de aquello.

–Tienes razón, sé que lo harás. Esto es cosa de dos. Solo necesito que me digas que no vas a desaparecer, que no vas a dejar que críe a este hijo sola.

Había pánico en su voz y miedo en su mirada, y Matteo se dio cuenta de que Ruby debía de llevar semanas así, pero el hecho de que hubiese ido a contárselo en persona, en un momento tan delicado, le preocupó. Tenía que mantener el control de la situación si no quería volverse loco y si no quería que todo el mundo se enterase.

–Espera. Cada cosa a su tiempo. Todavía me estoy haciendo a la idea. Estoy a punto de cerrar el acuerdo del siglo y entonces llegas tú y me sueltas estaba bomba así, como si nada.

–¿Cómo si nada? Te recuerdo que yo acabo de volver a trabajar, para mí esto es un desastre. No puedo bailar… no puedo actuar. Voy a perderme la temporada de invierno y no sé qué va a pasar después, qué voy a hacer.

Levantó ambas manos y miró a su alrededor.

–Tenemos que sentarnos a hablar de todo esto tranquilamente, pero tenemos mucho tiempo para hacerlo…

–Yo nunca he querido tener hijos. Ni siquiera quería acostarme contigo. Y ahora resulta que estoy embarazada de ti. Es lo peor que podría haberme ocurrido en la vida.

–Ruby, lo siento –le dijo él, intentando escoger sus palabras con cuidado–, pero ya no hay marcha atrás. Y sí que querías acostarte conmigo. No puedes echarme a mí toda la culpa de lo ocurrido.

–No puedo creerlo. No puedo creer que toda mi vida esté patas arriba por un estúpido error.

A Matteo no le gustó oír aquello, era la primera vez que una mujer se refería a él como un error.

–No es el fin del mundo –le respondió en tono frío–. Estás embarazada. De mí. Pero ahora me están esperando, tengo que trabajar. Cuando haya terminado, volveré y hablaremos del tema como adultos.

–No me trates con condescendencia. Ya sé que no se acaba el mundo por tener un hijo, pero tú prefieres marcharte y hablar de negocios a solucionar este tema.

A Matteo le vibró el teléfono en el bolsillo. La miró. Tenía los ojos almendrados llenos de lágrimas. Fuera se oía música y risas a través de las ventanas abiertas.

–Te apoyaré –le dijo–. Para mí la familia es lo más importante y voy a hacer lo correcto, te lo aseguro, pero ahora mismo tengo otros asuntos que atender…

El teléfono continuó vibrando. Debía de ser David… Lo sacó.

–¿Me has dicho la terraza oeste, Matteo…?

–Voy para allá.

Colgó y se guardó el teléfono.

–Tengo que bajar. Sé que es el peor momento, pero David vendrá y se asegurará de que estés cómoda. En cuanto yo termine, hablaremos y lo organizaremos todo. Dame un poco de tiempo.

–¿Acaso tengo elección?

–No.

Matteo no pudo volver a mirarla a la cara, pero sintió su mirada oscura clavada hasta el corazón mientras salía de la habitación. Enseguida se encontró con personas sonriendo, posando, con cámaras por todas partes. Avanzó entre ellas con una sonrisa en los labios, deteniéndose un instante a saludar a las personas que le hacían parar.

Consiguió llegar a la terraza. Allí estaban. Marie-Isabelle se había sentado en una silla, tenía una copa de champán en la mano y sonreía feliz. Augusto estaba de pie a su lado y ambos miraban hacia el puerto deportivo, por donde se estaba poniendo el sol.

—Ah, qué bien que habéis podido ver la maravillosa puesta de sol —comentó él—. Es la mejor noche del año, por el momento.

—Ciertamente… Una noche para hablar de amor, no de dinero —comentó Augusto—. ¿Dónde está la chica? Deberías estar disfrutando de este momento con ella, no con un par de viejos como nosotros.

Matteo se sintió culpable al oír aquello y pensó que Augusto no podía saber que había dejado a Ruby abandonada en el piso de arriba. Tenía que ponerse a trabajar cuanto antes, aunque tenía la sensación de que la cosa no iba bien.

Después de haber superado el escándalo de lady Faye, tenía que enfrentarse a otra difícil situación. No podría aguantar mucho más y lo peor era que Claudio estaría esperando cualquier oportunidad para terminar de arruinar a su familia.

Miró a su alrededor, observó los barcos que había en el puerto, a las parejas paseando por el jardín, la pista de baile llena de invitados, los coches que seguían yendo y viniendo. Todas aquellas personas solo tenían que preocuparse por pasarlo bien.

Por un instante solo pudo ver el cielo despejado de su libertad y sintió celos. Él no había pedido nada de aquello. Ni el banco… ni aquella vida. Nunca había podido elegir.

¿Y si hubiese podido? ¿Y si le hubiese dado la espalda a su deber? No tendrían el banco, pero seguirían teniendo dinero. No habría sido tan grave.

—La fiesta está muy animada —comentó Augusto—.

Los jóvenes que han ganado la regata están de muy buen humor, ¿verdad?

Matteo tragó saliva, intentó concentrarse. Tuvo que hacer un esfuerzo enorme para responder.

Clavó la vista al frente.

Eran muchas las personas que dependían de él. Su madre, que estaba en el extranjero; David, que siempre le había sido fiel; y los empleados del banco. Una lista interminable de personas que necesitaban que él continuase con aquello. Y, además, su hijo. Y aquella mujer que había hecho que le ardiese la sangre para después marcharse de su cama antes del amanecer. La mujer a la que iba a estar atado durante el resto de su vida...

–Sí, parece que se están divirtiendo –susurró.

–Tú fuiste deportista en el pasado, ¿no? –le preguntó el otro hombre, mirándolo fijamente–. Casi llegaste a jugar de manera profesional. No siempre pensaste que ibas a seguir el camino de tu padre, ¿verdad?

Matteo frunció el ceño. ¿Cómo sabía aquello? Había ido con los deberes hechos. Era un hombre inteligente y le estaba haciendo una entrevista.

–Fui jugador de rugby, pero de eso hace mucho tiempo.

–Pero ¿estás seguro de que la banca es ahora tu pasión? ¿Tu mundo? Uno no puede trabajar bien en nada si no siente pasión por lo que hace.

Matteo lo miró con el rabillo del ojo.

¿Cómo sabía aquel hombre todo aquello? ¿Cómo podía saber que el banco no le importaba lo suficiente y que aquel era el motivo por el que todavía no había conseguido que se recuperase?

Clavó la vista al frente. No podía mirar a Augusto de frente. Ni siquiera podía hablar. No confiaba en sí mismo.

–Porque ambos sabemos que la persona que dirija mi banco va a ser mucho más que un banquero. Yo necesito a alguien que crea en lo que hace, no que se limite a hacer su trabajo. No tengo tiempo para eso.

Matteo sintió que había llegado el momento, la oportunidad. Tenía que elegir entre negar con la cabeza y marcharse o dar un paso al frente.

–No hay nada que desee más en la vida que devolver al banco al lugar que debe ocupar. Estoy convencido de que los dos ofrecemos servicios únicos y me gustaría que pudiésemos llegar a un acuerdo.

Augusto siguió mirándolo fijamente y Matteo se esforzó en ocultar sus emociones mientras le devolvía la mirada. Nada estaba perdido. Estaba dispuesto a hacer lo posible para convencer al otro hombre de que le diese una oportunidad.

Por fin lo vio asentir.

–A nosotros también nos gustaría –dijo por fin–. Ven a Lake House. Dentro de quince días.

Matteo sintió que se le quitaba un enorme peso de los hombros.

–Y trae a tu encantadora amiga. Para nosotros también es importante conocerla. Cariño, ¿no crees que ya hemos tenido suficiente fiesta? ¿Nos vamos? –le preguntó Augusto a su esposa, ofreciéndole el brazo.

–Será un placer –le respondió Matteo–. Se lo diré.

–No obstante, nosotros somos una pareja chapada a la antigua. Como todavía no estáis casados, no tendréis ningún privilegio bajo nuestro techo.

Matteo sonrió y le dio la mano al otro hombre para despedirse.

Pensó en que Ruby estaba embarazada, en que, evidentemente, no estaban casados…

Todo estaba ocurriendo demasiado deprisa, casi se le estaba escapando de las manos. Casi.

Tenía que convencer a Ruby de que hiciese su papel.

Vio cómo Augusto y su esposa entraban en el coche y se alejaban del castillo y se dio la media vuelta. Todavía había mucho por hacer.

Capítulo 10

HABÍA tenido que hacerlo. No había tenido elección. Había descolgado el teléfono muchas veces, pero no había sido capaz de hablar.

Había tenido miedo de que Matteo no aceptase su llamada o no quisiese escucharla. Los hombres con dinero, como él, pensaban que podían hacer lo que quisieran. Podían mentir a la policía, pedir una orden de alejamiento contra ella, todo era posible. Su familia no había tenido dinero y, no obstante, su padre había podido desaparecer de la faz de la tierra y eludir sus responsabilidades.

Así que, mientras decidía cómo abordarlo, Ruby se había dedicado a leer toda la información que había podido encontrar acerca de él en Internet.

Aquello se había convertido en una rutina desde el día que había salido del hospital con la noticia de que estaba embarazada. En realidad, no había sabido quién era el hombre con el que iba a tener un hijo.

Había cambiado toda su vida: su carrera, su sueño, por una noche con él. Solo porque la había hecho reír, la había besado y había hecho que todo su cuerpo cobrase vida, había hecho que desease seguir a su lado en la cama mucho más tiempo del necesario.

Ruby tenía claro que había sido entonces, medio dormidos, cuando se habían buscado el uno al otro y se habían dejado llevar por la pasión.

Hacer un bebé era tan sencillo como aquello. Y sus dos vidas habían cambiado para siempre.

Ella todavía no se lo podía creer. Por las mañanas, abría los ojos y se quedaba tumbada en la cama, con la esperanza de que todo hubiese sido una pesadilla. Adiós a su carrera. No podría bailar durante la mayor parte del año y cada vez tenía menos dinero.

También recordaba con frecuencia la época anterior a que su madre hubiese conocido a George. Las mañanas de invierno en un piso en el que hacía mucho frío, esperando el desayuno con demasiado miedo como para preguntarle a su madre, que a la más mínima ocasión se ponía a llorar o a gritar.

Aquella vida sin padre. La vergüenza en el colegio, donde todo el mundo hacía dibujos y escribía historias para sus padres, padres que enseñaban a montar en bicicleta.

Ella no había sabido nada del suyo, solo que vivía lejos y no podía ir a visitarla. Hasta que una noche había oído que su madre le había contado a alguien que todo había ido bien hasta que ella había nacido.

Después de aquello, había dejado de pensar en su padre, había intentado enterrar aquel horrible secreto en lo más profundo de su mente. Después ella había encontrado la danza y su madre, a George, y entonces había sido como perder a su madre también.

Lo único que tenía era su cuerpo, la música y los pasos de baile. Si no hubiese encontrado la danza, jamás habría llegado a donde estaba.

La danza le había dado seguridad en ella misma. Y esperanza. Y por fin había entendido que un hijo no era responsable de los actos de sus padres.

Pero en esos momentos tenía que pensar en una vida nueva. En cómo iba a darle todo lo que necesitaría. ¿Qué posibilidades tenía de ser una buena madre si su propia vida no había empezado hasta que no había entrado en el British Ballet? La compañía de danza era su única familia. Y también la había defraudado...

Todas las mañanas pensaba en aquello y después se obligaba a levantarse de la cama, se aseaba y se tumbaba en el suelo frío, entre el minúsculo baño y la minúscula cocina, y se torturaba a sí misma con el miedo. Miedo a estar sola en aquello. Miedo a que Matteo hubiese conocido ya a otra persona y no quisiese ni verla.

Había llamado a su madre y eso le había confirmado la posibilidad de estar completamente sola, porque no podía contar con ella para nada. Bueno, sí, le había dicho que iría a Londres cuando naciese el bebé, pero después se había despedido con un adiós y Ruby había sabido que tardaría en verla.

Entonces había decidido que tenía que ver a Matteo y hablar con él en persona lo antes posible. No había tenido elección.

Había seguido sus movimientos gracias a la prensa y a Internet y se había enterado de muchas cosas, entre otras, de la regata, que se celebraba diez semanas después de que ella hubiese salido de la clínica, y que sería el momento perfecto para acercarse a él.

Todavía tenía una tarjeta de Banca Casa di Rossini

y el vestido que había pensado que no volvería a ponerse jamás.

Así que lo había sacado de una bolsa del fondo del armario, lo había lavado y había sacado un par de centímetros de la cintura para que le cerrase la cremallera. Se había comprado un sujetador sin tirantes, se había maquillado y, sin más equipaje que el pasaporte y el bolso, con el estómago hecho un manojo de nervios, había subido a un avión con destino a Niza.

Había cámaras por todas partes, así que era el mejor lugar para hacerlo. Matteo no podría hacer ni decir nada malo con todo el mundo de testigo. Al bajar del avión había tomado un taxi que la había llevado hasta el castillo, allí había enseñado su identificación y había avanzado entre la multitud por el jardín y había subido las escaleras de mármol entre ricos y famosos.

Y el corazón le había dado un vuelco al verlo. Tan alto y fuerte, tan seguro de sí mismo. Vestido con un traje oscuro y camisa azul clara, sin corbata. Todavía más guapo de como lo recordaba.

Había seguido andando sin apartar la mirada de él, dispuesta a darle la noticia nada más verlo, allí mismo, pero él se había girado y, al verla, su gesto había sido de sorpresa, le había advertido con la mirada que esperase. Y ella había decidido hacerle caso.

Pero después, en cuanto se había enterado de que iba a ser padre, había querido volver a la fiesta. Era evidente que aquel trato que quería cerrar era más importante para él que la noticia de que iba a ser padre. Ruby se preguntó qué había esperado de él. En cualquier caso, había perdido la oportunidad de avergonzarlo delante del mundo entero.

Se acercó a la ventana y miró hacia abajo.

La pareja mayor ya estaba en el coche y se alejaba del castillo. Vio a Matteo levantar una mano para despedirse de ellos.

–Es tu padre –murmuró ella al bebé que crecía en su interior–. Es tu padre y casi no lo conozco. Lo siento, lo siento mucho, cariño mío. No quería que ocurriese esto, pero haré siempre lo que sea mejor para ti, y me aseguraré de que no te abandone jamás.

Mientras tenía la mirada clavada en Matteo, este se giró y miró hacia arriba, como si la hubiese oído hablar. Se aguantaron la mirada y algo fuerte y profundo pasó de nuevo entre ambos. La mirada de Matteo era tan intensa que Ruby tuvo que agarrarse a algo para poder seguir de pie.

Entonces él bajo la cabeza y desapareció.

A ella se le aceleró el corazón y se puso en movimiento. No iba a quedarse allí arriba escondida ni un segundo más. Iba a bajar a buscarlo a la fiesta antes de que Matteo volviese a entablar otra conversación de negocios, o de que alguna mujer se le echase encima, dejándola a ella todavía más abajo en su lista de prioridades.

Ruby decidió que no desaparecería porque a Matteo no le viniese bien tener un hijo. Jamás.

Atravesó la habitación y alargó la mano para empujar la puerta, pero esta se abrió y su mano aterrizó en el pecho caliente y duro de Matteo.

Sin perder un segundo, él la agarró de la mano y la hizo salir.

–Ya podemos marcharnos de aquí.

Ella lo siguió rápidamente por el pasillo, que estaba inundado por las penumbras del atardecer.

–David, necesito que prepares el barco. Ropa, comida… y, sobre todo, intimidad.

Sacó el teléfono y, al llegar a lo alto de las escaleras, se detuvo.

–Utilizaremos la puerta de servicio.

–¿Para qué? ¿Qué está pasando?

Él tenía la mandíbula apretada, pero la miró con sorpresa.

–Querías hablar y vamos a hablar, sin que nadie nos oiga. En el barco. No quiero distracciones.

A ella no le gustó que fuese tan dominante. Era evidente que quería tomar las riendas de la situación. Iba a asumir su responsabilidad, no iba a intentar huir de ella.

–¿Has traído algo? ¿Te has dejado algo que vayas a necesitar en el hotel?

Ruby negó con la cabeza.

–No pensaba quedarme más tiempo del estrictamente necesario. Esto es todo lo que tengo.

–No importa. Si se te ocurre que vas a necesitar algo, David lo conseguirá. De acuerdo, ¿estás preparada? Porque vas a tener que acostumbrarte a esto.

Matteo puso un brazo alrededor de sus hombros y salió a la calle. Ruby no levantó la mirada del suelo mientras avanzaban por el camino de grava y atravesaban el jardín para después bajar hasta la pequeña playa en la que los esperaba una lancha a motor.

Él subió de un salto y la barca se tambaleó bajo su peso.

–Quítate los zapatos –le indicó, teniéndole la mano para ayudarla a subir a bordo.

Ella miró la embarcación, el agua y la distancia que había hasta ella.

–Venga –la alentó él–, antes de que nos vean y vengan.

Alargó la mano un poco más, pero ella dudó.

–Me da miedo el agua. No sé nadar bien.

Odiaba admitirlo, pero era verdad.

–No te preocupes –le dijo él en tono más tranquilo–. Vas a estar segura. Haz lo que te pido. Quítate los zapatos primero. Los tacones son peligrosos en un barco. Tíramelos y después alarga los brazos. No tienes que hacer nada más.

Y Ruby fue siguiendo sus instrucciones.

Matteo la agarró con fuerza de los brazos y después de la cintura, y Ruby subió a la barca, que se movía ligeramente, pero se apoyó en el cuerpo de Matteo, que era duro como una roca y sintió, por un momento, una nueva ola de deseo.

Él tomó un chaleco salvavidas y la ayudó a ponérselo. Sus dedos se movían con rapidez y su gesto era de concentración. Después desató la cuerda y se sentó, y tiró de ella para que se sentase a su lado. Encendió el motor y empezaron a avanzar entre otros barcos.

De repente, tomó velocidad y empezó a saltar por encima de agua, Ruby notó que esta le salpicaba los brazos y el rostro mientras el viento hacía ondear su pelo. Miró a Matteo, pero este tenía la mirada clavada al frente, en el horizonte.

–¿Adónde vamos exactamente? –le preguntó.

–Allí –respondió él, señalando el yate que acababa de aparecer delante de ellos–, donde nadie pueda molestarnos.

La lancha se detuvo junto a la otra embarcación y

esperaron a que dejase de moverse para atarla a ella. Entonces aparecieron varios hombres de la nada para ayudar a Ruby a subir a bordo.

–Ya puedo yo –rugió Matteo, y los hizo desaparecer–. ¿Ruby?

Ella le dio las manos y Matteo la ayudó a subir. De pronto estaba casi amable. Pasaron de una cubierta a otra y se dirigieron a la proa del barco, donde las barandillas estaban cubiertas de pequeñas lucecitas y había preparada una mesa para dos.

–¿Es para nosotros? –preguntó ella.

Aparecieron varias camareras con jarrones con rosas blancas y bandejas de plata.

–Para ti –le dijo él, ofreciéndole una silla, como si no tuviese ninguna importancia–. Solo falta una cosa.

Tocó un botón y el techo se abrió para dejar ver el cielo. El alto mástil tenía en el extremo una pequeña bandera. A lo lejos se oía el ruido de la fiesta y la brisa caliente sacudía los banderines que adornaban la embarcación.

Era el escenario más romántico que había visto Ruby jamás. Ella se había preparado para una discusión, o incluso para que le ofrecieran un soborno, pero no para que Matteo la tratase con amabilidad y consideración, ni para que la ¿cortejase?

Tal vez fuese su manera de ablandarla. Ella se sentó muy recta y pensó que no se lo iba a poner fácil.

–Muy bien. Aquí estamos. Tenemos mucho de lo que hablar, pero yo sugeriría que fuésemos despacio –comentó él, sentándose enfrente de ella con su habitual gracia y encanto–. No quiero precipitarme ya que se trata del tema más importante que he gestionado en mi vida. Lo mejor será que nos tomemos un poco de tiempo para conocernos mejor, ya sabes, para que podamos confiar el uno en el otro. ¿Te parece bien?

Le sirvió agua en el vaso y clavó su mirada en él con gesto de paciencia, pero no era paciencia lo que Ruby quería ver. Necesitaba seguridad. Necesitaba acción.

—Me parece bien siempre y cuando entiendas que no he venido a cenar y a bailar, sino solo para que hablemos de lo que vamos a hacer a partir de ahora.

—Está bien, si eso es lo que quieres. Yo lo único que digo es que las cosas hay que hacerlas bien y eso lleva su tiempo.

—¿Piensas que va a cambiar algo que dediquemos un rato a charlar de tonterías?

—Yo nunca hablo de tonterías con nadie, pero doy por hecho que querrás cenar y quedarte aquí, al menos, hasta mañana. Hay espacio más que suficiente y necesitas descansar, teniendo en cuenta…

—No me trates con condescendencia. He sobrevivido a este embarazo yo sola y puedo seguir haciéndolo sin que me digan lo que debo hacer y lo que no.

Él tardó unos segundos en responder.

—Siento oír eso —le respondió por fin—. Tenía que haberme dado cuenta de que no solo has tenido que asimilar que estabas embarazada, sino también todos los cambios físicos inherentes a ello. Tengo mucho que aprender.

Ella lo miró con cautela. Aquella no era la respuesta que había esperado.

—No te preocupes, los cambios físicos son solo para las mujeres. Tú no tienes nada que temer.

–De acuerdo, Ruby –respondió él–. Ya sé que no soy quién va a sufrir el embarazo. Solo intentaba decirte que quiero estar contigo en esto y que, para poder hacerlo, necesito saber más del tema. Nada más.

–¿Quieres estar conmigo en esto?

Matteo le estaba diciendo las palabras correctas. La estaba mirando a los ojos y se estaba mostrando preocupado, pero...

–Sí, de aquí a mañana hablaremos del tema. ¿Por qué no empiezas? Debes de tener hambre. Y sé lo mucho que te gusta comer.

Ella levantó la campana que cubría su plato y descubrió media docena de deliciosas ostras.

–No puedo comerlas –le dijo–. No puedo beber vino ni comer queso ni muchas otras cosas. Y la nata me provoca náuseas, lo mismo que la salsa de soja.

Apartó el plato.

Él dejó su servilleta, se levantó y rodeó la mesa para acercarse a ella.

–Ves, este es el tipo de cosas que tengo que aprender para poder cuidar de ti.

Le tendió las manos y ella le dio las suyas y permitió que la levantase de la silla como si se tratase de una estúpida marioneta. Sintió el calor de su cuerpo, la fuerza de sus músculos, la seguridad de su presencia y supo que su corazón estaba abierto a él.

–Ven. Te enseñaré el camarote y conseguiré comida que sí puedas comer.

Ella sintió su magnetismo, que la atraía de manera tan natural como una puesta de sol, lo mismo que la última vez, pero se dijo que no podía volver a caer. Tenía que mantener las distancias.

Sabía que Matteo la estaba utilizando. Sacudió la cabeza, intentó rechazarlo, pero estaba cansada. Llevaba muchas horas levantada, sin parar, y no había dormido la noche anterior por culpa del estrés y la emoción. Bostezó.

–Ves, no se te ocurra discutir. Voy a tomar las riendas de la situación y tú te vas a ir a dormir.

–No voy a permitir que me den órdenes –balbució ella–. Voy a tomar mis propias decisiones y a…

Pero volvió a bostezar, agotada.

–Tomarás tus propias decisiones por la mañana, pero ahora mismo, no. Vamos.

La tomó en brazos y el calor y la fuerza de su cuerpo la dejaron sin voluntad. Permitió que la abrazase, apoyó la cabeza en su pecho y escuchó los latidos de su corazón. No levantó la cabeza para ver adónde la llevaba. Ni se preocupó por cómo iba a volver a casa.

Se dejó llevar.

Cuando Matteo abrió la puerta del camarote, Ruby vio luces tenues, telas en tonos crema y rosa y madera lacada. No se resistió.

Él la dejó encima de la cama y le bajó la cremallera del vestido. Y ella se lo permitió. Matteo apartó las sábanas y Ruby se dejó envolver en ellas en ropa interior.

Y supo, mientras se dormía, que había vuelto a caer y que el agujero en su coraza se iba haciendo cada vez más grande.

Capítulo 11

EL DÍA de su dieciocho cumpleaños, su padre había regalado a Matteo la pluma estilográfica que en esos momentos tenía en la mano. La había utilizado por primera vez para firmar el contrato de alquiler del piso en el que iba a vivir cuando había empezado a estudiar en la universidad. Había sido un acto simbólico que, para él, había marcado la entrada en la edad adulta. Era una pluma muy bonita que solía utilizar para firmar contratos y documentos legales, pero no era lo que necesitaba en esos momentos.

La tapó y la guardó.

En esos momentos necesitaba algo mucho más normal. Algo sin huellas del pasado, que pudiese utilizar para escribir su futuro. Porque lo tenía allí delante, profundamente dormido, en la cama.

Estiró las piernas e hizo girar los hombros. El sillón era cómodo para personas de menor estatura o para descansar unos minutos, pero no servía para que un exjugador de rugby se pasase allí las próximas cinco horas.

No obstante, no podía ir a otra parte con el lío que tenía en la cabeza. Llevaba varias horas sin dejar de hablar consigo mismo, desde que se había despedido de Augusto Arturo y su esposa y, al girarse, había visto a una mujer vestida de rojo en la ventana.

Solo podía pensar en ella.

Y eso tenía que pasar, cuanto antes.

Abrió su cuaderno negro por una página nueva. Sacó un bolígrafo e hizo dos listas: la de las cosas que iba a desechar y las que iba adoptar.

La bebida. Tenía que dejar de beber. No porque tuviese un problema con la bebida, sino porque le daba miedo tenerlo algún día. Había demostrado que tenía el tema controlado tomándose solo una cerveza los viernes, pero su padre también había parecido tenerlo todo bajo control y no había sido así. Y eso lo había matado.

Miró el rostro de Ruby, profundamente dormida. No quería que nada pudiese hacerle daño ni a ella ni al bebé.

Lo siguiente sería el juego. Eso no le iba a costar ningún esfuerzo. No le importaba lo más mínimo no volver a poner un pie en un casino jamás, pero sí echaría de menos a los chicos. Necesitaba a sus amigos.

Y, sobre todo, necesitaba sentir la fuerza física, la rivalidad. Lo que necesitaba en realidad era el rugby, todavía lo echaba de menos a diario, pero allí lo que importaba no era él, sino hacer lo correcto. Lo importante era el futuro, no el pasado.

Ruby gimió en sueños y él se sentó recto en el sillón. Estaba soñando, murmurando algo, y él se acercó para intentar entender lo que decía. Pensó que era preciosa.

Jamás había sentido que tenía semejante responsabilidad en toda su vida.

Tenía que protegerla, tenía que mirar por su salud y mantenerla a su lado a toda costa.

Volvió a su lista, hizo otra columna y escribió en ella: *Matrimonio*.

Miró la palabra fijamente. Sintió que acababa de envejecer diez años solo por haberla escrito. Era una palabra que reflejaba madurez, altruismo. Implicaba responsabilidad y expectativas. Aquellas letras eran al mismo tiempo un espejo y un mapa, que le obligaban a ver la ligereza con la que había vivido durante los últimos años, sin comprometerse con nadie.

Pensó en Sophie, la expresión de horror de su mirada al verlo llegar a través del vapor del baño. Aquello le había hecho mucho daño, pero había llegado el momento de olvidarlo y pasar página.

Hacía diez años de lo de Sophie. Ruby era el presente.

Y, a pesar de que no quisiera casarse, no supo si soportaría saber que estaban criando a su hijo a cientos de kilómetros de distancia, tal vez con otro hombre. Porque, si él no se casaba con Ruby, otro lo haría.

La preciosa Ruby.

Matteo se miró el reloj. Llevaba seis horas durmiendo. No tardaría en despertar.

Añadió *Casa* a la segunda lista. La respuesta a esa palabra iba a depender mucho de la respuesta a la anterior. Iba a pedirle a Ruby que se casase con él, si le decía que sí, ¿dónde vivirían?, ¿en Londres? ¿Sería aquel el mejor lugar para criar al *bambino*? Si no le pedía que se casase con él, ¿podrían vivir juntos? ¿Dónde? ¿Sería una solución mejor?

Si no vivían juntos, el niño tendría que criarse en dos casas. Él tendría que pasar más tiempo en Londres, o ella tendría que viajar a Roma. Podría comprarle una casa allí, o hacer que se quedase en la suya, pero ¿y su carrera de bailarina? ¿No tendría que viajar? ¿Y entonces?

Sus padres habían vivido mucho tiempo separados, pero siempre habían seguido casados. ¿Por el bien de su padre? ¿Por el banco? Su madre lo había querido mucho, de eso estaba seguro. Había luchado por él, pero al final había ganado Claudio. Se mirase como se mirase, el matrimonio era una institución falsa, pero probablemente necesaria.

Enterró la cabeza en las manos, tenía sueño. Quería tumbarse junto a Ruby. La idea de volver a tenerla en su cama… Había intentado no pensar en ello, pero ¿a quién quería engañar? Se excitó solo de pensarlo.

No podía sacárselo de la cabeza y todavía no había empezado con la fusión.

—¿Qué hora es?

Levantó la vista. Ruby estaba apoyada en los codos, con el pelo sobre la cara, las mejillas sonrosadas y los ojos todavía caídos. Su aspecto era dulce y vulnerable.

Matteo apartó la mirada.

—Alrededor de las seis. Toma —le dijo, ignorando el dolor que acababa de sentir al estirar las piernas—. Tostadas y té.

Ella lo miró y después bajó la vista a la bandeja que llevaba diez minutos encima de la cama.

–Gracias.

–Es para evitar las náuseas matutinas. He estado leyendo al respecto. Dicen que comer algo así a primera hora sienta el estómago.

–¿Has estado leyendo acerca de las náuseas matutinas?

–Y otras cosas.

–¿Y qué más has averiguado?

–Que tus pechos deben de estar más sensibles, y más grandes.

Ella lo fulminó con la mirada.

–Eso no es asunto tuyo –replicó, pero no se tapó con las sábanas.

Él tampoco apartó la mirada.

–Es solo un dato más –comentó Matteo–. Además, son muy bonitos.

De repente, la tensión sexual que había en el ambiente le resultó insoportable.

Dudó. Lo único que deseaba era abrazarla y besarla. Quería recorrer sus curvas con las manos y lanzarse a otra aventura sexual. Había pasado semanas soñando con ella y la tenía allí delante.

«Todavía no», le dijo una vocecilla en su interior. «Todavía no. Tómatelo con calma. Está vulnerable, y mira lo que ocurrió la última vez».

En esos momentos Matteo necesitaba mucho más que el sexo. La necesitaba allí, a su lado, dispuesta a hablar de aquella familia, de la fusión, de su vida.

Ruby tomó la sábana y se tapó.

–Si no te importa…

Él se puso en pie.

–Por supuesto que no. Sube a desayunar a cubierta

conmigo cuando estés lista. La ducha está ahí. David te ha traído ropa, elige lo que prefieras.

Tomó la libreta y el bolígrafo. Dio dos pasos y abrió la puerta.

—Cuando estés preparada, podremos hablar.

Capítulo 12

VEN AQUÍ.

Ruby salió del camarote. Hacía un día soleado y estaban en medio de la nada. Solo se veía el mar azul a su alrededor.

Levantó la vista y vio a Matteo, que también se había duchado y cambiado de ropa. Llevaba una camiseta blanca y pantalones vaqueros claros. Ella bajó la mirada automáticamente a la cintura, no pudo evitarlo.

Estaba apoyado sobre la barandilla y le hizo un gesto para que se acercase a la mesa en la que estaba puesto el desayuno.

—Estás preciosa —le dijo Matteo, tomando su mano y ayudándola a subir las escaleras que llevaban a la cubierta.

Y, por un instante, Ruby se sintió preciosa. La ropa interior de seda y los vestidos de tirantes que se había probado la habían ayudado a olvidarse de las náuseas y, durante diez maravillosos minutos, se había sentido como una niña pequeña abriendo un regalo.

—¿Ha funcionado la tostada? ¿Tienes más hambre? —le preguntó él.

Ella subió el breve tramo de escaleras que llevaba hasta la siguiente cubierta y vio una mesa llena de fruta, yogur y pan. Sintió apetito. De hecho, estaba muerta de hambre, pero no iba a tomar nada hasta que no hablasen.

−¿Dónde estamos?

−Los barcos tienen la costumbre de moverse de sitio cuando no están anclados −le respondió Matteo sonriendo−. Necesitábamos un poco de intimidad, Ruby. No quería que toda la Riviera hablase de mí. Aquí… estamos solos. En estos momentos hay demasiadas cosas en juego para mí como para ponerlas en peligro.

Así que, tal y como ella había pensado, Matteo quería mantener aquello en secreto. No le gustó.

−Yo no me voy a esconder, Matteo. No puedes tenerme siete meses metida en un barco.

−No pretendo esconderte en ninguna parte, pero no podíamos quedarnos donde estábamos. Ya viste cómo estaba la prensa anoche. No quiero que nadie se meta en mi vida privada y estoy seguro de que tú tampoco.

−Mi vida privada es un libro abierto −le aseguró ella−. No tengo nada que ocultar.

−No se trata de ocultar nada, Ruby −le respondió él con toda tranquilidad−, sino de poder estar juntos a solas. Esto es… muy importante. Y tenemos que concentrarnos en ello.

−Es muy sencillo. Vamos a tener un bebé −le dijo ella.

Su tono era desesperado y, aunque lo odió, tuvo que reconocer que estaba desesperada.

Matteo suspiró. Sonrió. Apoyó las manos en sus brazos y la hizo sentarse.

−Es cierto. Y vamos a comportarnos como adultos

al respecto. ¿Qué prisa tienes? Tenemos tiempo de sobra para hablarlo todo. Y, en cuanto ambos estemos preparados, se lo contaremos a todo el mundo, pero no antes. No quiero que esto ensombrezca otros asuntos importantes. Eso es todo. No te pido tanto, ¿no?

–Supongo que no –admitió ella a regañadientes.

En realidad, no tenía tanta prisa, se dijo. Él parecía haber aceptado la noticia, no la había rechazado ni la había acusado de querer cazarlo. No había gritado ni había echado a correr. Se había quedado toda la noche junto a su cama y no había intentado seducirla.

Suspiró y sintió que se le quitaba un peso de encima.

–Venga. Vamos a desayunar.

El melón y los bollitos de pan caliente eran demasiada tentación. Así que, nada más sentarse, se sirvió.

Él asintió complacido, le sirvió un vaso de agua. No hizo nada más.

Ella lo miró mientras ponía mantequilla en el pan y se lo metía en la boca. Él la estaba mirando también.

Le pusieron delante un cuenco de frutas del bosque cubiertas de yogur. Ruby empezó a comérselo inmediatamente.

Él le dio un sorbo a su café.

–¿No vas a comer nada? –le preguntó ella.

–Ya he desayunado. Y, además, esto es mucho más divertido.

Ruby hizo una mueca y miró a su alrededor. Seguía teniendo hambre. Se sirvió más yogur.

–La última vez también fue así –comentó Matteo.

–¿La última vez?

–En el restaurante italiano. No me digas que ya te

has olvidado de nuestra primera cita. Fue una noche increíble…

Ella dio un sorbo al vaso de agua y se echó hacia atrás en silencio. Recordó lo bien que se lo habían pasado, la intimidad que habían compartido, y al mirar a Matteo, al que tenía sentado enfrente, tuvo la sensación de que estaba pensando en lo mismo.

–¿Cómo piensas que pudo ocurrir? –le preguntó este–. Tomamos precauciones.

–No todas las veces. Hubo una… en mitad de la noche… cuando ambos estábamos medio dormidos…

Él arqueó las cejas.

–Sí, hubo algo que nos despertó –comentó Matteo en tono divertido.

Ella bajó la mirada al plato.

–Venga, Ruby. No te hagas la tímida ahora. Aquella noche tuvimos algo especial. Y yo tengo la sensación de que podríamos tener una relación.

Ella recordó aquella noche, las horas anteriores al amanecer, el calor de su cuerpo, el placer del suyo propio al derretirse entre sus brazos. Aquellas horas durante las cuales había perdido la cabeza por completo. Había sido como si su vida se hubiese detenido al entrar en su casa, como si hubiese tenido la sensación de que podía tener otra vida distinta a la suya.

Y, en esos momentos, estando allí con él, se dio cuenta de lo sencillo que podría ser volver a caer en la misma trampa, pero aquello era demasiado importante. Tenía que mantener la cordura. Matteo tenía que entender que aquello era real, para los dos.

–Matteo, no –le dijo, sacudiendo la cabeza–. No se trata de nosotros.

Se echó a reír al oírse a sí misma.

–No sé que estoy diciendo. No hay nada entre nosotros. Solo hay un bebé sin familia y yo necesito saber qué vamos a hacer al respecto.

Lo miró fijamente buscando en su rostro una expresión que la dejase tranquila, que le transmitiese que no iba a salir corriendo.

–Tienes mucha prisa por zanjar este tema, ¿verdad? El bebé todavía no ha nacido, ¿no te parece que nos estamos precipitando?

–Anoche dijiste que ibas a aceptar tus responsabilidades –le respondió ella–, pero ¿qué significa eso exactamente? Yo tengo una carrera. No puedo actuar estando embarazada, así que voy a tener que trabajar dando clases y, después, cuando vuelva a estar en forma, volveré a bailar. No obstante, no puedo criar al niño sola.

–Tú has tenido más tiempo que yo para pensar en todo eso, Ruby. Ni siquiera sé qué es lo que quieres. Tú vives en Londres, yo, entre Roma y Londres. Los dos viajamos mucho. ¿Cómo vamos a hacer que funcione?

–Puede funcionar. Yo quiero volver a bailar lo antes posible, así que no puedo estar sola con el bebé, supongo que tú querrás contratar a una niñera, ¿no?

Matteo frunció el ceño.

–¿Para cuándo exactamente?

–Para unas semanas después de que nazca, digo yo.

–¿Para unas semanas después de que nazca? –repitió él.

–No pienso justificarme, ni delante de ti ni de nadie más.

Él se echó hacia atrás en la silla, mostrando así su sorpresa. Unió los dedos de ambas manos y, al hacerlo, flexionó los brazos y Ruby se fijó en sus músculos, por los que había pasado los labios, que la habían abrazado.

Brazos en los que descansaría su bebé en tan solo unos meses.

Podía imaginárselo con todo lujo de detalles. Estaba segura de que Matteo iba a cuidar y a querer al bebé. Iba a ser un padre de verdad.

Y aquello la aterró, porque ella no estaba segura de poder ser una madre de verdad. Se le aceleró el corazón en el pecho. Su niñez había sido un desastre. Casi no tenía relación con su madre, no sentía nada por sus hermanastros. Nunca había querido tener hijos, pero iba a tener uno.

—Ruby, todavía no es necesario que tomemos esa decisión. Todavía tenemos que hacernos a la idea. Al menos yo necesito algo más de tiempo.

Levantó el teléfono.

—Todavía me están preguntando por qué desaparecí anoche de repente. Tengo que dirigir un banco, no trabajo de nueve a cinco y tengo muchas cosas en la cabeza. No quiero tomar ninguna decisión ahora mismo, Ruby, antes necesito reflexionar.

Mientras hablaba vibró su teléfono. Él lo miró, suspiró y clavó la vista en el horizonte mientras sacudía la cabeza, como si no pudiese creer lo que le estaba ocurriendo.

Detrás de él el mar y el cielo se fundían en una bruma azul. Lo único que se oía eran los ruidos que hacía el barco sobre las suaves olas. Ruby lo miró y, por primera vez, se dio cuenta de que parecía agotado. Se había pasado toda la noche a su lado, en un sillón, y a pesar de que se había afeitado y se había duchado, se notaba que estaba muy cansado.

Había estado leyendo acerca del embarazo y de las náuseas matutinas, le había llevado el desayuno a la cama y eso era, tal vez, una de las cosas más bonitas que habían hecho por ella jamás. Porque Ruby no permitía nunca que nadie hiciese nada por ella.

Matteo la miró.

—Sé que me estás mirando y te estás preguntado qué estoy tramando y si voy a apoyarte o no. Solo has visto mi faceta más alegre, tanto la noche del ballet como anoche. Y lo mismo es lo que publica de mí la prensa. Té estás preguntando qué clase de hombre soy, que paso de mujer en mujer sin comprometerme con ninguna. Y no te culpo por ello. Yo haría lo mismo.

Se inclinó hacia delante, sus brazos, sus hombros y todo su pecho transmitían fuerza. Y ella se sintió de nuevo en el restaurante italiano, mirándolo con un deseo que jamás se había creído capaz de sentir.

Al menos, siempre había sido claro con ella. Entonces y en esos momentos.

—Piensas que soy un impresentable que te voy a dejar sola con el bebé, y la idea de que ni siquiera contribuya a su crianza económicamente te da pánico. Lo comprendo.

—Sí —admitió ella—. Es cierto.

Pero no sabía cómo contarle el resto. Que tenía todavía más miedo de ella misma. Que no quería que entrase nadie a su vida, que no quería necesitar ni ser necesitada por nadie. Que quería estar sola.

Él alargó la mano por encima de la mesa y tomó la suya. Ruby intentó zafarse, pero Matteo no se lo permitió.

–Voy a hacer lo correcto. Sé que no tienes ningún motivo para confiar en mí, pero quiero ayudar. No soy el tipo que piensas que soy.

«Ni yo tampoco soy quién piensas que soy», pensó ella. «No voy a hacerlo bien. Voy a ser una decepción para todos».

Todo lo que Matteo le decía le hacía sentirse peor. Él estaba hablándole de corazón y ella lo creía, pero el problema era que él pensaba que era como las demás, que quería una familia, un bebé y todo lo demás.

Cuando todo aquello era lo último que necesitaba.

Miró a su alrededor y, de repente, el pánico la invadió como la densa bruma marina a pesar de que el día estaba completamente despejado.

–Ruby.

Sintió que Matteo tiraba de su mano.

–Ruby –repitió él–. No te preocupes. Nunca te dejaré sola con esto. Yo no soy así. Y todavía no hemos hablado de nuestras familias. Se lo contaremos a mi madre y a la tuya. Podemos hacerlo juntos, si lo prefieres.

–Yo ya se lo he contado a mi madre –le respondió ella, aturdida, sirviéndose agua en el vaso y apartándolo después.

–¿Y?

Ella lo miró.

–¿Y qué?

–¿Se ha alegrado por ti? ¿Estará contigo cuando nazca el bebé?

Ella hizo un ademán como para quitarle importancia al asunto.

–No te preocupes por eso. Estará ocupada con sus cosas.

–¿Qué relación tienes con ella? ¿Va mucho a Londres? Me comentaste que vive en Cornwall, ¿verdad?

–Hablamos por teléfono.

Ruby no necesitó mirar a Matteo para saber que tenía el ceño fruncido. No quería escuchar su opinión al respecto, así que mantuvo la vista clavada en el horizonte.

–Entiendo. Supongo que no puede viajar, pero ya solucionaremos eso y ya conoces a mi madre, no suele estar en casa, pero imagino que querrá ejercer de abuela. En cualquier caso, tenemos tiempo suficiente para pensar en todo eso. ¿Quieres más té?

Ella negó con la cabeza.

–¿Cómo se lo va a tomar? –le preguntó a Matteo, pensando en su madre, que no era una mujer a la que le gustasen los problemas.

Era una mujer con mucha energía y muy bien organizada, cuya vida parecía planificada al segundo y ejecutada con completa precisión.

Coral Rossini también iba a juzgarla y, como poco, pensaría que era una idiota. Eso, si no pensaba directamente que era una cazafortunas.

La situación estaba empeorando por momentos.

–¿Podemos volver a tierra firme? –preguntó, mirando a su alrededor–. Tengo que volver.

Él se puso en pie. Su expresión era indescifrable. Tal vez de frustración.

–Por supuesto –le respondió–. De camino nos detendremos en una de las pequeñas islas. Solo tardaremos una hora y es un lugar precioso. Me parece una pena no enseñarte este lugar del mundo aprovechando que estás aquí.

Ella abrió la boca para protestar.

—No hay pero que valga. Estamos aquí, eres mi invitada y quiero que te diviertas un poco.

Rodeó la mesa para ponerse a su lado. Ella levantó la vista y se hizo visera con la mano para protegerse los ojos del sol hasta que tuvo a Matteo lo suficientemente cerca como para ver las arrugas de su camiseta y el cierre de su reloj.

—No estoy de humor.

Matteo le tendió la mano.

—Venga, deja de castigarme. Sé que estás enfadada conmigo, y contigo misma, pero lo pasamos bien. Y ahora tenemos que manejar esta situación lo mejor posible. Todo irá bien.

La hizo levantarse y la abrazó.

Ella cerró los ojos y se dejó llevar por el balanceo del barco y por su calor. Entre ellos estaba la pequeña vida que habían creado, durmiendo y creciendo, felizmente ajena a todo lo que la rodeaba.

Capítulo 13

LOS ÚLTIMOS azotes del Mistral golpearon los pinos, haciendo que las olas que golpeaban el borde de la costa se tiñesen de verde. Las cigarras se anunciaron incansables desde los matorrales y, en el aire, las gaviotas avisaron de lo que habían visto y advirtieron de lo que todavía estaba por llegar.

Matteo, sentado en una tumbona de rayas, dejó los papeles y se levantó las gafas de sol un momento, buscando con la mirada un yate que estaba echando el ancla en la bahía. Vio a varias personas saltando al bote inflable que los llevaría a la costa.

A tierra firme, a su refugio, a la exclusiva isla de St. Agnes, diez kilómetros cuadrados de tierra verde, vida salvaje y personas muy ricas. Su único hotel, al que solo se podía llegar en barco, era el lugar en el que Ruby había accedido a parar un poco para descansar. En esos momentos estaba tumbada a su lado, debajo de una sombrilla.

Hacía años que no estaba allí, en el sitio en el que había pasado de niño las vacaciones. Miró la pequeña piscina en la que jugaban varios niños y a las pocas personas que tomaban el sol en el bordillo. Allí habían estado sus padres en el pasado, con Claudio y sus «novias». Tomando martinis, fumando, riendo y divirtiéndose juntos. Una pareja glamurosa con sus glamurosos amigos, años antes de que todo aquello se derrumbase.

Un camarero pasó con una bandeja de plata. Se detuvo a servir vino a una pareja mayor que había en la terraza, iban vestidos de manera informal y estaban comiendo. Más allá algo llamó su atención, dos mujeres muy bronceadas que habían estado mirándolo disimuladamente a él y que se sentaron de manera provocadora, en toples.

Él apartó la vista y miró a Ruby, cuyo gesto era de desprecio.

–¿Son amigas tuyas? –le preguntó, arqueando las cejas.

Luego frunció el ceño y se quitó el pareo rojo que la cubría, dejando al descubierto el modesto bikini que llevaba debajo. Tenía el vientre ligeramente redondeado y las piernas muy pálidas. Matteo se sintió orgulloso al verla.

–... porque da la sensación de que les gustaría serlo.

Él sonrió y la observó mientras se ponía crema solar en los brazos. Después intentó hacer lo mismo con la espalda.

–Permíteme –le dijo él, tomando el bote de crema de sus manos–. No te pongas celosa. Ni conozco a esas mujeres, ni quiero conocerlas.

–No estoy celosa –replicó ella–. Solo ha sido un comentario. Les resultas interesante y te lo están haciendo saber.

–¿Sabes lo que es interesante? –le preguntó Matteo

mientras se ponía crema en las manos y empezaba a extendérsela por los hombros–. Que tú estés celosa y no quieras admitirlo.

Ella se levantó la cola de caballo y no respondió, le permitió que le pusiese crema en la espalda hasta llegar al borde del bikini.

Él estudió sus huesos delgados y su cuerpo musculado y le resultó una combinación embriagadora.

–Tienes una piel perfecta –le susurró al oído.

–Umm…

Él se inclinó más hacia ella y pasó las manos por su espina dorsal.

–Durante los próximos meses voy a tener todavía más.

–Pues mejor –le dijo él, dándole un beso en la mejilla y deteniéndose allí un instante para disfrutar de la sensación que le provocaba su pelo al rozarlo.

Le habría encantado quedarse así todavía más tiempo, pero estaban en el Hotel St. Agnes y ella ya había establecido sus límites. No obstante, Matteo pensó que traspasarlos iba a ser una tarea muy agradable.

Se puso en pie y se quitó la camiseta.

Por el momento, tendría que calmarse haciendo unos largos en la piscina.

Se lanzó al agua y empezó a nadar, consciente de las voces apagadas de los niños que había a su alrededor. No había pensado que podría pasar tiempo disfrutando y descansando aquella semana.

De hecho, solía tener mucho trabajo después del Cordon d'Or. Tenía que hablar con varios clientes importantes antes de reunirse con Augusto Arturo. Su influencia sería crucial en las negociaciones. Sin embargo, todo había pasado a un segundo plano en esos momentos.

Era evidente que Ruby estaba embarazada. Con un poco de suerte, los medios no se enterarían hasta después del nacimiento del bebé, pero si no la tenía, sacarían la noticia del embarazo y eso dificultaría las negociaciones con Augusto Arturo.

Tenía muchas cosas en la cabeza y estaba muy estresado. Se preguntó qué estaría tramando Claudio en St. Tropez mientras él estaba allí, con Ruby. Y eso bastaba para volverlo loco.

Salió del agua y se sentó en el bordillo, notando el calor de los rayos de sol en los hombros. Enfrente de él, una de las mujeres en toples se incorporó y se bajó las gafas de sol para mirarlo. A su derecha, un camarero llevó un vaso de agua a Ruby, que se lo agradeció con una encantadora sonrisa. Él volvió a mirar su vientre y pensó que su hijo estaba allí. Aquello se sumaba a todo lo demás.

Y todo estaba ocurriendo al mismo tiempo. Tenía dos opciones: hundirse o nadar.

Tenía que gestionar aquello como si fuese la sinfonía de su vida. Tenía que salvar el banco, mantener a Claudio controlado, y encontrar la mejor solución posible para su futuro bebé, pero lo más importante era esto último. No podía defraudar a su hijo.

–Eh, ven. Te voy a enseñar a sentirte cómoda en el agua –le dijo a Ruby, acercándose a ella.

Ruby levantó a vista y vio al hombre que no podía sacarse de la cabeza. Era todo lo que cualquier mujer habría querido. Vio las gotas de agua correr por su fuerte cuerpo y sintió celos de ellas.

Lo deseaba. Lo deseaba tanto como la primera vez. Estaba celosa de esas otras mujeres, sí, y era probable que lo estuviera de cualquier otra que se acercase a él, pero en esos momentos era suyo e iba a aprovecharlo.

—No sé nadar —admitió, mirándolo.

—¿No te ha enseñado nadie? No importa, ven.

Alargó la mano para tomar la de ella y la ayudó a ponerse en pie. Se acercaron juntos al borde de la piscina y entraron en ella.

—Ven aquí, bailarina. Inténtalo.

—No soy tan deportista como tú —le respondió ella—. Tú sabes nadar, navegar y jugar al rugby. Yo solo sé bailar.

—Porque solo has intentado bailar —la corrigió Matteo, y tenía razón—. En la vida hay mucho más que la danza. Ven, confía en mí.

Se puso a su lado y le tendió la mano mientras seguían avanzando por el agua.

—Métete hasta que te llegue el agua a la cintura.

Caminaron juntos por la piscina vacía. Ella se echó a reír. Por suerte, los niños se habían retirado y solo quedaba una pareja tomando el sol en las tumbonas.

—Sigue hasta que te llegue al pecho. ¿Todo bien?

El agua la refrescó y la mano de Matteo la agarraba con fuerza y seguridad.

—Sí.

—Ahora, vamos a andar en círculos, para que te acostumbres a la sensación. Muy bien. Agárrate al bordillo y mueve las piernas.

Ella se aferró al bordillo y se estiró, golpeando el agua con las piernas.

–Me estás salpicando –rio Matteo–, pero no pasa nada.

Ella se giró y vio que tenía todo el rostro mojado.

–¡Lo siento! –le dijo, soltando el bordillo y girándose hacia él.

Matteo la agarró y la sujetó contra su pecho. Sus cuerpos se tocaron y, entonces, ocurrió. Se miraron a los ojos. Ruby vio cómo él separaba los labios para darle un beso. Lo abrazó por el cuello y se acercó a besarlo ella también. Tenía los labios mojados y se besaron apasionadamente, pero solo un par de segundos. Ella se sintió como si acabase de marcarla, como si Matteo hubiese querido dejar constancia de que era suya.

Pensó que estaba volviendo a caer en la tentación, pero no pudo luchar contra ella, no quiso hacerlo. Separó los labios, pero no dijo nada.

–Deberíamos ir a otra parte –le susurró él, abrazándola con fuerza.

Ruby tenía el cuerpo caliente por el sol y mojado al mismo tiempo, se aferró a él para no volver al agua y Matteo la tomó en brazos y salió así con ella de la piscina.

–No sé por qué tengo esta necesidad de tenerte entre mis brazos. Te prometo que es la primera vez que me ocurre en la vida.

Ella se sentía tan bien así que no le importó que los estuvieran mirando, pero cuando vio que Matteo no se detenía en las tumbonas, le preguntó:

–¿Adónde vamos?

–Como te he dicho, vamos a tomarnos unas breves vacaciones. Que empiezan en este preciso momento.

Entraron en el hotel y Ruby sintió frío.

–*Madame* necesita descansar, así que vamos a la Suite Presidencial. Que nos traigan el equipaje allí, por favor.

Un botones les abrió la puerta. Los pasos de Matteo dejaron de oírse al pisar la mullida moqueta. La luz allí era más tenue, había silencio.

–Primero, una ducha –dijo él.

Sin soltarla, la llevó al cuarto de baño, cuya decoración era del siglo anterior. Las baldosas eran de color rosa claro, lo mismo que las toallas. Los grifos, de bronce. La ducha estaba detrás de una cortina blanca y Matteo abrió el grifo y la puso debajo.

Ella lo miró, el pelo ondulado, la barba que comenzaba a crecer, el deseo en su mirada.

–Me vuelves loco –admitió.

–¿Cómo de loco? –preguntó ella, mirando sus hombros y su pecho, y la línea de vello oscuro que desaparecía por la cinturilla del bañador.

Él se lo bajó y Ruby se mordió el labio inferior al ver su magnífica erección.

No había manera de parar aquello. No habría podido hacerlo ni aunque hubiese querido.

–¿Así de loco? –le dijo.

Se arrodilló ante él y lo acarició mientras le caía el agua sobre la espalda. Después lo tomó con la boca y lo oyó gemir.

–Ruby, por favor, tienes que parar.

Ella retrocedió y recorrió su cuerpo con la mirada. Y él volvió a abrazarla, después le desató la parte su-

perior del bikini y dejó al descubierto sus suaves pechos. Llevó los labios a uno de ellos y se lo acarició
con cuidado.

–¿Está bien así? ¿No te duele?

–Podría pasarme todo el día así –le dijo ella.

–Quítate la braguita. Quiero verte desnuda. Comprobar si eres igual que en mis sueños.

Ella hizo lo que le pedía.

–¿Has soñado conmigo? –le susurró en tono pí-
caro.

Él sonrió de medio lado.

Ruby enterró los dedos en su pelo mojado, sintiéndose cada vez más envalentonada.

–Dime. ¿Has soñado conmigo? –repitió.

–Una vez o dos –respondió él, sonriendo más–.
Aunque supongo que no tanto como tú conmigo.

–No he pensado absolutamente nada en ti.

Él se puso jabón en las manos y después las pasó
por todo su cuerpo.

–¿Tan poco te impresioné?

Ruby notó sus manos en el vientre, en los pechos,
entre las piernas.

Echó la cabeza hacia atrás mientras él la acariciaba
justo donde más lo necesitaba.

Matteo la sujetó con un brazo y la colocó sobre su
regazo. Ella separó las piernas y él le acarició allí
mientras la besaba apasionadamente.

Y así la hizo llegar al orgasmo.

Ruby se retorció y gimió.

–Oh, Matteo…

Y él la envolvió en una suave toalla y la llevó al
dormitorio. La secó despacio y con cuidado, y le besó

la piel mientras lo hacía. Después, se arrodilló delante de ella, completamente excitado, preparado.

Ella se sentó y lo miró con sorpresa.

–¿Ahora te das cuenta? –le preguntó él sonriendo, rodeándola con su cuerpo.

–¿De que tienes a la mujer de tus sueños a tu merced?

Él se echó a reír.

–No te rindes nunca.

Y le separó las piernas con la rodilla.

–Soy lo que llaman una persona motivada.

–A mí sí que me tienes motivado ahora mismo, Ruby.

Entonces la penetró y ella vio cómo su gesto se retorcía de placer. Enseguida lo notó ella también, lo abrazó con las piernas y se olvidó de todas sus preocupaciones y miedo porque, en esos momentos, no le importaba nada más que aquello.

Capítulo 14

ESTE lugar es increíble. No tenía ni idea de que existían estas pequeñas islas. ¿Cómo las descubriste tú? –le preguntó Ruby antes de meterse un bocado de deliciosa ensalada en la boca.

Era la hora de la cena y estaba muerta de hambre. Habían hecho el amor toda la tarde y después habían dormido un rato, hasta la puesta de sol.

Solo sabía que se deseaban el uno al otro. Ella no podía desearlo más y, aunque su mente estuviese empezando a advertirle que tuviese cuidado, ella no la quería escuchar.

Todavía no.

Miró a Matteo, que estaba sentado al otro lado de la mesa, perdido en aquel mundo en el que desaparecía tan a menudo. Tenía el pelo retirado del rostro y el ceño fruncido. Se había puesto una camisa blanca sin cuello, que contrastaba con su pecho moreno, y Ruby pensó que estaba más guapo que nunca.

–Solíamos navegar por aquí cuando yo era niño, con mis padres.

–¿Hay algún deporte que no practiques? –le preguntó ella, arrepintiéndose al instante.

Matteo se había puesto serio de repente, era como

si se estuviese preparando para decirle algo, y Ruby todavía no se sentía preparada para escucharlo.

Aunque después de aquel día se separasen, se verían obligados a estar juntos muchas veces en el futuro. ¿Qué clase de relación tendrían? ¿Seguirían teniendo sexo para después marcharse cada uno por su lado? ¿O cortaría Matteo por lo sano para no volver a verla jamás?

A pesar de que se le había hecho un nudo en el estómago de repente, ella se obligó a sonreír. Tenían que hablar seriamente. Llevaba posponiendo el momento desde esa mañana, pero no quería estropear el ambiente todavía.

–Nadas, juegas al rugby, boxeas…

Él la estaba mirando fijamente. Arqueó una ceja.

–No sé bailar ballet –le respondió.

Ruby sonrió.

–Nuestro hijo sabrá. Sobre todo, si es chico. Yo le enseñaré.

–Me parece una idea interesante –dijo él, sonriendo también–. ¿Serás una de esas madres controladoras, que están encima de los profesores, y protestarán si no eligen a Matty Junior para representar la función de fin de curso?

–Es probable. Y tú también, no me digas que no.

–Me parece que nos esperan momentos muy interesantes –le respondió él, pero al mismo tiempo parecía perdido en sus pensamientos.

Tocó su copa con un dedo. Aquella era la señal de que estaba preparado para hablar.

Antes o después tenía que pasar.

Ella dejo el tenedor y el cuchillo y esperó a que

empezase. El restaurante estaba prácticamente en silencio y ella miró el plato de Matteo y le preguntó:

–¿No vas a comer nada? ¿Ni a beber? ¿No quieres vino? No te prives de él por mí.

–No. He dejado de beber alcohol –le dijo él, esbozando una sonrisa.

–¿Por qué? ¿Por motivos de salud? Eres el hombre más sano que conozco. Un poco de vino no te hace ningún daño.

Él negó con la cabeza.

–Hay muchas cosas de mí que no conoces, y que deberías saber si vamos a hacer esto juntos.

Ruby sintió miedo y esperanza en igual medida. Y entonces se dio cuenta de que quería pasar más tiempo con él. No solo criando a su hijo, sino juntos. Como amigos y como amantes.

Pero Matteo era un hombre que no se comprometía. Y ella jamás rogaría a ningún hombre.

–Mi padre tuvo una relación complicada con el alcohol…

Tenía la mirada perdida y había vuelto a tocar la copa. La vela que había entre ambos proyectó sombras en su rostro, haciendo que pareciese muy triste de repente.

–Yo no supe cuánto hasta que murió. Podía pasar semanas e incluso meses sin beber, pero cuando probaba el alcohol ya no podía parar. Era como si tuviese un demonio dentro, que le hacía beber hasta no poder más.

–Tu pobre madre… –fue lo único que pudo decir ella, pensando en la señora Rossini de joven.

Él asintió al oír aquello.

–Mi madre no podía hacer nada cuando se ponía así. Mi padre intentó luchar contra aquello. Fue a una clínica de rehabilitación. Tres veces. Era un luchador, lo mismo que yo –comentó, mirándola un momento.

Ella no supo cómo reaccionar ni qué decir. No supo si lo que pretendía Matteo era tranquilizarla, o todo lo contrario.

–Pero el banco empezó a ir mal y empezó a perder clientes. Él al principio no sabía por qué, y aguantó durante meses…

El gesto de Matteo cambió, se entristeció. Bajó la cabeza. Era como si alguien le estuviese aplastando el corazón. Y ver a un hombre tan fuerte y viril así…

Ruby alargó la mano por encima de la mesa y tomó la suya. Él la miró con sorpresa.

–Tú no eres así –le dijo–. ¿Verdad?

–No, no soy así –le respondió él, apartando la mirada y mirándolo a los ojos–. Y no voy a arriesgarme a que me ocurra. Si yo me hundo, todo se hunde. Banca Casa di Rossini tiene doscientos años y todavía estamos intentando recuperarnos del sabotaje que sufrió hace tantos años.

–Yo pensé que el banco iba muy bien. Tenéis… avión, barco y… ¿Quieres decir que no sois… ricos?

A Ruby no le gustó cómo sonaba aquello, pero había tenido que preguntarlo.

–Soy muy rico y pretendo seguir siéndolo –le dijo él–. Tengo responsabilidades. Además de este bebé, están mi madre y las personas que trabajan para mí. Hay una fusión encima de la mesa y no puedo permitir que nada la trunque.

–No lo dudo –le dijo ella–, pero ¿qué podría ir

mal? ¿Estás queriendo decir que el bebé podría estropear esa fusión?

—Ya has visto las fotografías que ha publicado la prensa recientemente. Fotografías en las que aparezco con otras mujeres, fotografías que son de hace diez años. Eso es porque hay alguien que quiere desacreditarme y manchar mi imagen. Si se enteran de tu embarazo, intentarán sacar más trapos sucios. Y Arturo es muy antiguo y no va a querer hacer negocios con alguien así.

—¿Y quién está detrás de eso?

Matteo sacudió la cabeza.

—Es una historia muy larga. Se llama Claudio Calvaneo. Era socio de mi padre.

Agarró la copa con fuerza y la miró fijamente.

—Voy a necesitar tu ayuda, Ruby.

—¿Cómo voy a ayudarte yo?

—Tengo que gestionar la fusión con guantes de seda. Ya he tenido una primera reunión y va a haber otra próximamente. Si todo va bien, habrá más en los próximos meses.

Ella lo miró a los ojos e intentó leer su expresión.

—Arturo ya te ha visto conmigo —continuó Matteo—, y en cuanto se sepa que estás embarazada todo podría estropearse.

—No te sigo. ¿Podrías ser más claro?

—Necesito que Arturo me vea como a un hombre serio para que pueda confiar en mí. No puedo ser de los que dejan a una mujer embarazada y no hacen lo correcto. Le importa tanto su banco como a mí Casa di Rossini. O más. Es el hijo que no ha tenido nunca.

El restaurante se había quedado completamente

vacío. Solo quedaban ellos. Matteo siguió los movimientos del camarero con la mirada y después volvió a mirarla a ella.

—Quiero que piense que lo nuestro es algo más que una aventura. Quiero que piense que tenemos un compromiso, que vamos a formar una familia.

—¿Qué… qué quieres decir?

—Que estamos completamente comprometidos el uno con el otro, que vamos a casarnos.

—¿Casarnos? —balbució ella.

—Sé que lo que te estoy pidiendo es demasiado porque casi no nos conocemos, pero estás esperando un hijo mío y de mí dependen muchas vidas. La fusión devolverá la estabilidad al banco y nadie tendrá que volver a preocuparse por el dinero.

Matteo se había puesto en pie y se estaba inclinando hacia ella.

—No se trata solo de mi futuro, sino también del futuro del niño.

Ella sacudió la cabeza con incredulidad.

—Sé que te estoy pidiendo que confíes en mí…

—No sé qué decir. Voy a necesitar tiempo para pensarlo.

—No tenemos tiempo.

—Pero ¿cómo iba a funcionar? No es que vaya a decirte que sí, pero…

Él apoyó una rodilla en el suelo y alargó los brazos.

—Lo tengo todo pensado. Es perfecto. Podríamos casarnos en un par de días. Sería una boda íntima. Filtraríamos una fotografía y después nos marcharíamos de luna de miel. Luego iríamos a casa de Arturo y tú lo conquistarías, despejarías todas sus dudas.

–Pero… casarnos… Es demasiado. No son cosas que puedan fingirse. ¿Qué pasaría después? ¿Volveríamos a Londres y tú volverías al trabajo? No podríamos continuar guardando el secreto.

–Eso ya no me preocupa. Haremos lo que tú quieras. Este es el momento más importante de mi vida profesional, necesito asegurar la continuidad del banco, por nuestro hijo y también para los que tenga él.

Aquello estaba yendo demasiado deprisa. Ruby necesitaba reflexionar. No podía tomar una decisión equivocada. Sería la decisión más importante de su vida.

–Pero seguro que hay otras maneras de hacerlo y… además, tal vez nuestro hijo no quiera ser banquero.

Él la miró como si estuviera completamente loca, como si estuviese hablándole en otro idioma, y ella se dio cuenta de que Matteo no entendía nada que no fuese su modo de vida. Y quería que ella viviese así también.

Ruby pensó en cuánto había luchado por seguir su propio camino y se negó a cambiar de rumbo.

–Matteo, tal vez… tal vez deberíamos dejar esto en manos del destino. Tú llevas mucho tiempo esforzándote, pero…

–No puedo dejar esto en manos del destino. Tengo que intentarlo todo y… el embarazo… Pensé que era un desastre, pero ahora opino que tal vez sea lo mejor que nos ha podido pasar a los dos.

–¿Qué quieres decir? –le preguntó ella.

–Quiero decir que esta responsabilidad añadida ha

hecho que persiga mi objetivo todavía más. Pensé que mi padre viviría otros treinta años. Sabía que algún día me tocaría tomar las riendas, eso siempre había estado ahí, pero lo veía muy, muy lejos. Incluso cuando falleció me costó aceptar que mi vida iba a ser esta, pero tú… el bebé. Sé cómo tiene que ser mi mundo. Tengo que hacer que esto funcione. ¿No lo ves?

Ella abrió la boca, pero Matteo sacudió la cabeza y se alejó. Allí, junto a la ventana del restaurante, Ruby pensó que parecía muy solo.

Se preguntó si podía alejarse de él. Ambos se necesitaban. Tal vez ella lo necesitase todavía más que él a ella, pero todo aquello le parecía demasiado.

Intentó tomar una decisión, pero su corazón ya lo tenía claro. Aunque supiese que le iba a ser casi imposible no enamorarse de él porque ya era demasiado tarde…

—¿Qué es exactamente lo que necesitas que haga cuando vayamos a ver a Arturo?

Él se giró y, de repente, parecía invencible.

—Necesito que hagas como si me amases.

Ella sintió que se le encogía el corazón, notó que se le llenaban los ojos de lágrimas. Se mordió el labio inferior e intentó que no le temblase la barbilla. Bajó la mirada al suelo para no perder la compostura, furiosa con su propia debilidad.

Él no pareció darse cuenta de nada. Se acercó.

—No tiene que ser verdad, Ruby. No te estoy pidiendo que me lo des todo. Cuando viniste a verme querías que te asegurase que iba a apoyarte. Y ahora estoy preparado para darte mi palabra. Te daré mucho más de lo que querías.

–En mi vida solo he querido una cosa –le dijo ella–. Mi carrera. Y sigo queriéndola. No estás pensando en mis necesidades.

Matteo sacudió la cabeza y se puso justo delante de ella.

–Ruby, puedes tenerlo todo. Todo. ¿No quieres casarte conmigo?

–No te he dicho que no, pero ¿tiene que ser así? ¿Tenemos que casarnos para convencer a Arturo de que eres la persona adecuada para esa fusión? Muchas parejas tienen hijos y no viven juntas.

–Es un hombre muy religioso, no concibe que se pueda criar a un hijo fuera del matrimonio.

–Pero sería mentira… ¿No es eso peor?

–¿Darle a tu hijo estabilidad sería peor? Firmaríamos un contrato prenupcial. Tú tendrías una casa, un coche y una pensión. Y en cuanto yo hubiese firmado la fusión, decidiríamos qué hacer después.

Su voz era fría, profesional. No había en ella ni rastro de amor, amabilidad o cariño. Su corazón le pertenecía al banco, nada más.

Ella pensó que el dinero no lo compraba todo, no podía comprar el amor.

Y en esos momentos ella quería más. Quería el amor de Mattias. Quería amar y ser amada. Casarse con él, vivir con él, tener hijos con él. Bailar. Y, tal vez, solo tal vez, ser una buena madre…

Quería saber lo que era sentirse amada. No por su sonrisa, por su pelo largo y moreno, ni por su cuerpo. Sino por lo que era.

Capítulo 15

MATTEO bajó la ventanilla del coche y después apagó el motor. Notó el aire caliente y húmedo en el rostro, se aflojó la corbata y se desabrochó el primer botón de la camisa.

Seguía odiando vestir de traje. Lo había odiado siempre.

Y había evitado llevarlo hasta el día del funeral de su padre.

Salió y estiró las piernas. El viaje desde Londres había sido tranquilo y le apetecía darse un paseo por el lago y después ir hasta la casa en la que el British Ballet tenía su escuela de verano. Y ver a su bella futura esposa, que estaría esperándolo allí.

Tomó la chaqueta del asiento trasero, se la puso y empezó a andar hacia el camino del lago.

Un grupo de chicas pasó por su lado. Llevaban el pelo recogido y eran delgadas. Y él se imaginó a su hija igual.

Había pensado que se quedaría soltero. Hasta que había acompañado a Ruby al ginecólogo y había visto la ecografía.

Él había insistido en que se la hiciese nada más volver de la isla de St. Agnes. Había pensado que aquello los uniría más, pero se había equivocado. Había pensado que ella accedería a mudarse con él inmediatamente después, pero habían pasado tres días y todavía no habían llegado a un acuerdo. Ruby quería seguir siendo independiente, quería vivir en su piso hasta que se casasen, aunque solo faltasen dos días para aquello.

Así que lo único que podía hacer Matteo era esperar. Y hacer planes. Y rezar porque todo saliese bien porque no tendría otra oportunidad.

Desde allí irían directos al aeropuerto y después se casarían en Roma.

Habría muy pocos invitados. Sus mejores amigos, su madre y David. Ruby no había querido invitar a nadie y él no había podido convencerla de lo contrario.

Tenía con sus padres una relación extraña, pero él no era quién para juzgar. Siempre y cuando Ruby y el bebé estuviesen bien.

Apartó la mirada del lago cuando otro grupo de jóvenes pasó por su lado y entonces…

—¡Matteo!

Se giró al oír su voz, la vio y se le encogió el corazón. La sonrisa de Ruby no era del todo sincera y eso le preocupó.

—Hola —respondió, acercándose.

Ella abrió los brazos.

—Hace un día precioso.

—Ahora todavía mejor —le dijo él, abrazándola.

Sus cuerpos, tan distintos, encajaban a la perfección.

Él la besó en las mejillas y después, porque quería más y no le importaba que pudiesen verlos, le robó otro beso de los labios.

Ruby sonrió.

—Eh, que tengo una reputación que mantener.

—Lo sé —le dijo él, agarrándola del brazo y echando a andar—. ¿Qué tal han ido tus clases hoy?

—Están empezando a gustarme. Casi tanto como bailar.

—Debes de tener un talento natural.

—Qué va, ni mucho menos. Es solo que me encanta bailar, lo mismo que a ellas.

Un grupo de niñas corrió por el césped y se arremolinó entorno a Ruby dando saltos y riendo.

—¿Adónde vas?

—¿Vas a volver mañana?

—Sí, por favor, vuelve mañana.

Y luego salieron todas corriendo.

—Ves como tienes un talento natural —insistió él—. Y con nuestra pequeña lo vas a hacer igual.

Se dirigieron al coche y Matteo sintió que Ruby dudaba.

—Ya está todo organizado para el fin de semana. De aquí iremos al aeropuerto y aterrizaremos en Roma sobre las once. Mi madre llegará a medianoche, así que no la verás hasta mañana. La ceremonia será a las once…

Se detuvo y la miró por encima del capó del coche, pero Ruby llevaba las gafas de sol puesta y no pudo verla bien.

—También he hablado con Augusto. Nos esperan el viernes que viene.

Ella se estaba abrochando el cinturón de seguridad con sumo cuidado. Él arrancó el coche y se dirigió al camino.

—Es perfecto, porque Claudio va a ir a verlo justo después.

Se giró hacia ella para ver su reacción, pero no hubo ninguna.

—Así que, aunque intente estropearlo todo, ya será demasiado tarde. Seremos la pareja de recién casados más enamorada y feliz de este lado de los Apeninos. Y no hay nada que a Augusto le guste más.

Volvió a mirarla, pero Ruby tenía el rostro girado hacia la ventanilla.

Tomó su mano, se la apretó.

—¿Estás bien?

—Sí, por supuesto. Es evidente que quiero volver al trabajo lo antes posible. Ahora que estoy otra vez activa, no quiero dejarlo por mucho tiempo.

—Lo comprendo —respondió él, clavando la vista en la carretera—. Todo habrá terminado en unos diez días. No es tanto tiempo, ¿no? Al fin y al cabo, es nuestra boda.

Siguieron en silencio, pero Matteo supo que Ruby estaba pensando que no era una boda de verdad.

Y él lo sabía. Sabía que lo que estaba haciendo no estaba bien, que era un error.

Pero quería hacerlo. Quería formar aquella familia.

Quería a su hija y a la madre de esta. Y estaba dispuesto a hacer cualquier cosa para conseguirlas. Aquello tenía que funcionar.

Porque, si no funcionaba, el banco se hundiría y aquella mujer desaparecería de su vida y se casaría con otro.

Y eso no podía pasar.

Golpeó el volante con fuerza y Ruby se giró a mirarlo, asustada.

–¿Qué ocurre?

–Lo siento –se disculpó, disgustado consigo mismo–. Ruby, de verdad quiero que esto funcione.

–Lo sé.

–No, me refiero a que funcione de verdad. Para mí es lo más importante. Creo que no te lo he dicho nunca, pero no consigo sacármelo de la cabeza. El bebé y tú. El banco. Todo.

–No hay ningún motivo para que no sea así –le dijo ella en voz baja–. Has hecho todo lo que has podido.

Él supo que Ruby se estaba sacrificando por él y por el bebé.

–Pero también tienes que saber que esto no durará siempre. Después ambos tendremos que continuar con nuestras vidas.

–Lo sé.

–Yo no te retendré, Ruby. Quiero que seas feliz. Quiero que continúes con tu carrera, que el banco esté seguro y olvidarme de Claudio.

–Pero Claudio no va a desaparecer. Después de la fusión, tendrá todavía más motivos para odiarte.

Matteo frunció el ceño y sacudió la cabeza.

–No. Me dejará en paz. Y, en cualquier caso, lo que me importa es mi familia. Tengo que salvar al banco…

–Lo sé. Lo entiendo. Ojalá tú lo comprendieses también.

Matteo no comprendió su actitud.

Aparcó el coche, apagó el motor y salió. Rodeó el coche para ayudarla a salir, pero ella ya estaba fuera.

–No pretendo que veas las cosas como las veo yo, Ruby. Nadie puede entenderme.

Ella se giró a mirarlo.

–Eras jugador de rugby, Matteo. Solo te convertiste en banquero porque te viste obligado y no vas a sentirte libre hasta que tú quieras. Vas directo a chocar contra un muro que tú solo has levantado mientras que deberías estar yendo en dirección contraria.

Se quitó las gafas de sol y Matteo se dio cuenta de que tenía los ojos llenos de lágrimas.

–No necesito que te cases conmigo. Puedo hacer esto sola. Sobreviviré, no te preocupes por mí.

–¿Qué estás diciendo? ¿Acaso te he dado la impresión de que no quería casarme contigo? Estás muy equivocada. No tengo elección. ¡No tenemos elección!

–Siempre hay elección –le respondió ella–, pero tú no puedes verlo.

Vieron aparecer un avión y tres azafatas uniformadas de azul marino y blanco pasaron por su lado con sus maletas de cabina. A Matteo le vibró el teléfono en el bolsillo. Lo sacó y descolgó.

–David –dijo–. ¿Qué ocurre?

–He pensado que querrías saber que tus acciones acaban de subir. Me han contado que el grupo Levinson ha terminado las negociaciones con Claudio y van a contactar con nosotros. Y no son los únicos. En estos momentos estás en muy buena posición para cerrar la negociación con Arturo. No obstante, tendrás que volver lo antes posible aquí. ¿Podríamos cenar estar noche? ¿Puedo ponerte reuniones para el lunes? Sé que querías tomarte unos días libres, pero todo está ocurriendo muy deprisa y no podemos permitirnos el lujo de que salga mal.

–Estupendo, por supuesto que puedo. Qué bien

–dijo, clavando la vista en la espalda de Ruby y en la cola de caballo que definía la perfecta simetría de su cuerpo.

Su postura era graciosa y orgullosa. Sonrió y dio su documentación al personal de tierra, luego lo miró a él. Había algo en su mirada que Matteo no lograba descifrar.

E iba a casarse con ella. Iba a casarse con ella porque quería tenerla en su vida. Quería estar con ella. Le hacía sentir bien. Le hacía sentirse feliz y esperanzado, con motivos para vivir.

Todo estaba saliendo bien. Iba a salir bien.

Y él iba a ser padre. Y marido.

Capítulo 16

TODO estaba en silencio cuando Ruby despertó por tercera vez, sola en la antigua cama, envuelta en finas sábanas de lino. Casi no había dormido, pero ya estaba amaneciendo. Alargó el brazo para ver qué hora era. Las seis. Faltaban cinco horas para la cuenta atrás.

Cinco horas para que su vida cambiase de manera irrevocable, aunque ¿acaso no había cambiado ya? ¿Acaso no había cambiado cuando se había puesto aquel vestido rojo, había abierto aquella cerveza y había compartido la vida del poeta Rumi durante aquel vuelo de Roma a Londres con el hombre más increíble del mundo? Ya no había marcha atrás porque había sido aquel momento en el que se había enamorado perdidamente de él.

Nada ni nadie habrían podido convencerla para que se apartase de su camino. Un camino que solo la habría llevado hacia la soledad, pero que al menos había sido un camino seguro, con un destino final.

En esos momentos el camino era pantanoso y el paisaje, cambiante, y eso hacía que se sintiese nerviosa y feliz, pero que tuviese miedo. Iba a casarse con él, iba a hacer lo que lady Faye más había deseado en el mundo, pero no iban a casarse por amor. Se iban a casar por el bien de un bebé. Y de un banco.

Recorrió el techo de la habitación con la mirada. El techo de la habitación que, desde entonces, iba a ser su habitación en Roma. En una casa que jamás habría podido permitirse como bailarina.

Empezó a oír ruidos fuera, voces desconocidas que hablaban en un idioma desconocido. La noche anterior, cuando habían llegado a la casa, no habían visto a nadie. El vuelo había sido corto, pero la cena con los clientes de Matteo, muy larga. Deliciosa, pero larga. Y a pesar de que Matteo le había pedido disculpas y le había dado las gracias por acompañarlo, al final de la noche ella se había sentido agotada.

Matteo le había hecho el amor al llegar a casa y después se había marchado a otra habitación para mantener la tradición, como si su matrimonio fuese real. Como si ella fuese a ponerse algo nuevo, algo prestado y algo azul. Como si su padre fuese a acompañarla al altar, como si su madre fuese a llorar de la emoción. Como si fuesen a tener un final feliz.

Cerró los ojos con fuerza, no le gustaba compadecerse de sí misma.

Pero estaba en Roma, tenía más dinero y comodidades que en toda su vida. Trabajaría, descansaría, tendría al bebé y después volvería al trabajo, a bailar.

Lo único que no conseguiría sería que Matteo la amase. Ni que se quisiese a sí mismo.

Oyó otro ruido, más cerca de la puerta.

—*Prendo che*. Yo lo llevaré.

Ruby intentó escuchar lo que decían y le pareció la

voz de Coral Rossini. Entonces se abrió la puerta y apareció esta con una bandeja en las manos.

Ruby se sentó muy recta, sorprendida por su aparición. Había sabido que tendría que ver a su futura suegra en algún momento, pero… ¿tan temprano? ¿Allí?

–¡Buenos días, Ruby! –la saludó Coral dejando la bandeja y abriendo las cortinas–. ¿Has dormido bien?

Ella apartó las sábanas e intentó levantarse de la cama.

–No, no, quédate donde estás. Tienes que desayunar en la cama.

Coral Rossini volvió a recoger la bandeja y se acercó a la cama. Tenía la piel dorada por el sol de África y los ojos muy brillantes.

Ruby la observó con cautela. No sabía si iba a odiarla por haber atrapado a su querido hijo, si sería con ella fría o condescendiente, o si volvería a ser la misma Coral de siempre.

Esta dejó la bandeja y se sentó a su lado en la cama sin dejar de mirarla.

–Es el día de tu boda y estoy aquí para cuidar de ti, pero antes, tenemos que hablar.

Sirvió té de una tetera de plata en dos tazas.

–¿Quieres leche? –le preguntó.

Ruby asintió, se sentó todavía más recta, tomó la taza, se aclaró la garganta y dijo:

–Gracias.

–Bueno, hace unas semanas ninguna de las dos habríamos imaginado que estaríamos aquí, pero aquí estamos.

–Coral, quiero que sepas que yo no pretendía que ocurriese esto. Espero que no pienses…

–No, no lo pienso. Así que no sigas por ahí. Te conozco desde que eras una adolescente. Desde que el banco empezó a patrocinar a la compañía y yo empecé a ir a ver cómo bailabais y os esforzabais hasta el límite. Sé lo que la danza significa para ti.

Coral tomó su mano.

–Lo sé, Ruby –añadió en voz baja–. Sé que tu madre se marchó. Y no pretendo entrometerme, pero todo el mundo necesita una madre y yo seré la tuya, siempre y cuando tú quieras.

Ruby sintió que le ardía la garganta y le picaban los ojos. Apretó los labios y asintió.

–Gracias.

–Es un placer. Solo te pido que quieras a mis nietos y a mi hijo. No pienses que no te van a necesitar, porque te van a necesitar. Y nosotros tampoco te dejaremos a ti porque ahora somos tu familia.

Ruby la miró fijamente. ¿Cómo sabía Coral todo aquello? ¿Cómo sabía que su mayor miedo en la vida era que la abandonaran? ¿Cómo podía decir Coral todas aquellas palabras que ella no se atrevía ni a pensar?

¿Qué iba a hacer si todo salía mal?

En tan solo diez días había pasado de estar aterrada con la idea de tener que criar a un hijo sola a estar aterrada con la idea de que Matteo se diese cuenta de que podía hacerlo todo sin ella.

–También sé –volvió a decir Coral, dando un sorbo a su té sin apartar la mirada de ella–, que si las cosas hubiesen sido distintas, el bebé, la fusión con Arturo, tal vez ahora no estaríamos aquí, pero Matteo te aprecia mucho, de eso estoy segura. Y lo que vais a hacer hoy me demuestra que tú también lo aprecias a él.

Ruby la miró, desesperada por contarle lo mucho que Matteo significaba para ella, cómo la hacía sentirse, cómo la comprendía, mejor que nadie en el mundo, cómo conseguía que se sintiese segura y fuerte a la hora de criar a su hija.

–Será un buen padre –comentó–. Haría cualquier cosa por el bebé.

–Exacto –le dijo Coral, sonriendo–. Eso mismo pienso yo también.

Se tomaron el té en silencio y después Coral volvió a hablar.

–La familia es muy importante para nosotros. Tu hija, mi nieta, crecerá en el seno de una familia que se quiere. Y tú formas parte de esa familia, Ruby.

Luego dejó el plato y la taza en la bandeja, dejó la bandeja en el suelo y la abrazó con fuerza. Y Ruby sintió algo en lo más profundo de su corazón y le devolvió el abrazo, sellando una promesa y sabiendo que el arco iris había vuelto a salir en su vida.

–Ahora, vamos a ponerte todavía más guapa, si es que eso es posible.

La sede de Calvaneo Capital's en Londres estaba en el décimo piso de uno de los edificios más altos del barrio financiero de Canary Wharf. El ascensor se movía deprisa y ya estaba lleno de personas vestidas de azul marino y gris, el uniforme de la elite financiera. Eran las ocho de la mañana. Tres horas antes de que Matteo hiciese sus votos matrimoniales en Roma.

No tenía ganas de que nadie lo hiciese esperar.

Bajó en el piso decimoquinto y se dirigió a la recepción. Destacaba del resto, como siempre, porque llevaba el pelo ligeramente largo, era más alto y más corpulento, pero aquel día no era su imagen lo que lo hacía distinto a los demás. La rosa blanca que llevaba en el ojal del traje de etiqueta hizo que todo el mundo arquease las cejas y sonriese al verlo pasar.

Había llamado por teléfono antes de ir, había dejado un mensaje, así que no le sorprendió ver a Claudio avanzando hacia él por el pasillo. No obstante, se le aceleró el corazón y cerró los puños instintivamente.

—Matteo. Qué detalle por tu parte, venir a verme.

Él miró a Claudio, que, aunque tenía arrugas, se conservaba bien. Tenía el pelo cano repeinado hacia atrás y la chaqueta abrochada sobre un vientre que ya no era plano, sino redondo. Salvo por aquello, estaba igual que siempre.

—No he venido a charlar, Claudio. Como puedes ver, me voy a casar hoy mismo, así que no me puedo entretener.

Echó a andar y atravesó la puerta por la que lo había visto salir. Su nombre estaba escrito con letras doradas en el cristal, lo que le confirmó que era el despacho del Director General. Entró en él y miró a su alrededor.

Era una habitación amplia, dispuesta para recibir y para hacer negocios, con muebles caros, objetos bonitos y fotografías de ricos y famosos, clientes y amigos, enmarcadas en plata.

Se dio la media vuelta.

—Teniendo en cuenta que tus acciones están fuera de control, te veo muy tranquilo. Aunque estás acostumbrado a las malas noticias porque eres el causante de muchas de ellas.

—¿Has venido hasta aquí a decirme que estoy demasiado tranquilo? Muchas gracias. Tú también tienes buen aspecto. Estás muy guapo. Tu padre estaría orgulloso.

Claudio habló en italiano, el mismo idioma en el que le había hablado su padre. Matteo hizo caso omiso.

—Nueva York ha cerrado con una bajada del diez por ciento en tus acciones y Londres acaba de abrir. Tokio lo hará dentro de un rato. Tus inversores te han abandonado. Estás terminado. Apuesto a que al final del día no vas a estar tan tranquilo.

Claudio se limitó a encogerse de hombros.

—Sigo pensando que estás perdiendo el tiempo. Aunque me alegro de verte aquí. Me recuerdas mucho a Michele.

—Mi padre te quería, Claudio. Te quería y mira lo que le hiciste.

Matteo no había sabido lo que le iba a decir, solo que necesitaba verlo y hablar con él, pero al ver la sorpresa en el rostro de Claudio supo que había dado en el clavo. Los ojos se le llenaron de lágrimas y lo vio tragar saliva con dificultad.

—Te quería. Y también nos quería a mi madre… y a mí. Era un buen hombre que solo quería lo mejor para todos nosotros.

—No has venido aquí a decirme eso. ¿Por qué no me dices lo que has venido a decirme en realidad?

—¿Que te odio? ¿Qué conseguiría con eso? Odiarte sacó una cara de mi padre que yo nunca quise creer que hubiese tenido, pero estaba allí, y tal vez alguna vez tuvisteis algo bonito, pero se convirtió en enfermizo y vergonzoso, y tú tendrás que vivir con eso para siempre.

—Michele fue un cobarde…

—Era mi padre —espetó Matteo, lanzándose hacia él y agarrándolo por la solapa de la chaqueta.

—Y voy a educar a mis hijos para que respeten su memoria.

Claudio era el cobarde. Había miedo en su mirada. Matteo lo soltó.

—Dudo que tú encuentres a nadie que respete la tuya.

Capítulo 17

A LAS ONCE en punto de la mañana Ruby salió de su habitación al pasillo y sintió pánico.
–Ve hasta las escaleras y espera allí –le susurró Coral, que estaba radiante con un vestido de encaje verde largo hasta las rodillas.

Ruby miró a su suegra y madrina, ya que así la estaba empezando a considerar, y su fuerza la ayudó a avanzar hacia las escaleras.

Bajó la vista a los zapatos de satén color crema. Delante de ella, un espejo mostraba una imagen a la que todavía no se había podido acostumbrar. El vestido, del famoso diseñador Giorgos, que era buen amigo de Matteo, le sentaba como un guante. No tenía mangas y tenía un escote en V que dejaba insinuar su escote. El corte imperio se abría en una falda con forma de tulipán que terminaba a media pantorrilla. Era sencillo, pero perfecto. Llevaba el pelo recogido y una tirara de perlas para sujetarlo.

La tiara era el objeto antiguo, ya que todas las novias de la familia Rossini la habían llevado en su boda y Coral se la había puesto con mucho cuidado. La ropa interior era azul, de seda y encaje, y el objeto prestado, los pendientes de perla de Coral.

Las medias eran nuevas, con liguero, y ya estaba

deseando que llegase el momento en el que Matteo se las iba a quitar.

Sujetó con fuerza el ramillete de orquídeas y se quedó en lo alto de las escaleras, esperando a que Coral se pusiese a su lado. Entonces un terceto de cuerda empezó a tocar una de sus piezas favoritas de Bach, y ambas empezaron a bajar.

Al llegar abajo atravesó el pasillo para llegar a la habitación en la que la estaba esperando Matteo. Este iba vestido con un traje gris claro, camisa color crema, como su vestido, y sin corbata, pero con una rosa blanca en la solapa. Sus ojos marrones brillaron al verla y le dedicó una cariñosa sonrisa.

A ella se le aceleró el corazón y le temblaron las rodillas. El nudo de la garganta se le hizo más grande y sintió que los ojos se le llenaban de lágrimas.

Él la vio dudar y se acercó para sujetarla.

«Mi preciosa Ruby», pensó.

—Estás preciosa —dijo en voz alta.

Ella asintió y se puso a su lado para la ceremonia.

Intercambiaron votos y anillos y, a pesar de que no habían ensayado, Matteo habló con voz clara y segura. Y cuando por fin le puso la alianza, Ruby la miró fijamente y pensó que era increíble que hubiese ocurrido de verdad.

Entonces Matteo la tomó entre sus brazos y la miró a los ojos. Y ella pensó que lo amaba con todo su corazón.

Él la besó y ella le dijo con los labios que su corazón latía solo por él. Entonces Matteo se apartó, la miró con ternura y ella supo que por fin iba a escuchar las palabras que tanto había deseado oír.

–Gracias –dijo él–. Gracias por hacerme el hombre más feliz del mundo.

A ella le dio un vuelco el corazón y se obligó a sonreír. Si Matteo hubiese sentido algo por ella, aquel habría sido el momento de decírselo.

Coral se acercó y todo empezó a girar a su alrededor, hubo felicitaciones y fotografías.

Y ella siguió sonriendo y se dijo que así tendría que ser. Ella lo amaba y él era feliz.

Pero lo más importante era que su hija iba a tener un padre.

No obstante, a Ruby seguía preocupándole la idea de no poder ser una buena madre.

Se preguntó qué ocurriría cuando Matteo hubiese conseguido la fusión, cuando las mujeres volviesen a lanzarse a sus brazos.

Le encantaban las mujeres. Y el sexo.

Se había casado con ella, pero solo por obligación. No la amaba.

Y su hija… ¿Y si ella no era capaz de querer a su hija? ¿Qué ocurriría entonces?

Estuvo junto a su marido en la terraza que daba a la habitación en la que acaban de casarse y vio a lo lejos los tejados de Roma y el cielo prácticamente azul.

Era un día perfecto para casarse.

–Ven, Ruby, este es el día más feliz de mi vida. Eres mi esposa y vamos a tener un bebé. Vamos a ser felices. Tú vas a volver a bailar. Yo volveré a hacer deporte. No podemos pedir más.

La abrazó.

–Venga, cariño, quiero verte feliz.

Ella sonrió todo lo que pudo y rio.

—No podría ser más feliz. Estoy tan contenta como tú. Todo va ser estupendo.

Él cambió de gesto de repente. La miró a los ojos, sacudió la cabeza y se la llevó al interior. Cuando estuvieron a solas, le dijo:

—Sé que estás fingiendo, que no eres feliz. Supongo que ya estarás planeando cómo salir de aquí.

—No, no es cierto —mintió ella.

—Sí que lo es —la retó él—. Prométeme que no te marcharás, Ruby. Quédate conmigo, por favor.

—Ahora me necesitas y no te voy a abandonar, pero no vas a necesitarme siempre.

—¿Qué estás diciendo? —le preguntó él—. Por supuesto que te voy a necesitar. Nuestro hijo nos va a necesitar a los dos. Tenemos una relación estupenda, somos completamente compatibles, acabamos de casarnos. Sé que cuando esto comenzó parecía una locura, pero yo ya no lo siento así.

—Venga ya, Matteo. Si no fuese por el bebé, no estaríamos aquí.

—¿Esto piensas? Ven. Quiero que leas esto.

Tomó su mano y se acercó a las estanterías llenas de libros. Allí había una colección de libros más delgados que los demás. Sacó uno de ellos.

—Son mis diarios. Escribo desde que era niño y este es el que estoy escribiendo en la actualidad.

Pasó las páginas, había dibujos y palabras. Miró a Ruby y sonrió.

—Tú sales aquí —le dijo, llevándose el diario al pecho.

Salieron a la terraza y bajaron las escaleras que

conducían al jardín. Se sentaron en un banco a la sombra y ella pensó que no podía haber un lugar más romántico.

—Nunca he dejado que los leyese nadie.

Ella lo miró y reconoció el libro que le había visto escribir en el barco.

—Escribí esto el día que me dijiste que estabas embarazada. Y el día después de que nos conociéramos. Y muchos días más. Toma, lee.

Matteo lo abrió y se lo dio. Y ella leyó lo que había escrito.

> *¡Qué noche!*
>
> *Arturo por fin va a caer en nuestras manos y he descubierto que me encanta el ballet...*
>
> *O, más bien, una bailarina de ballet...*
>
> *He conocido a una mujer y estoy casi enamorado. Es bella, sensible, sensual. En cuanto haya terminado con Arturo, la llamaré...*
>
> *Hacía siglos que no me sentía así. Tan vivo.*

Matteo le quitó el diario y pasó varias páginas: *No consigo sacármela de la cabeza.*

—Así que no puedes fingir que todo esto es falso. Es el comienzo de algo maravilloso.

Y la miró con más cariño del que nadie la había mirado jamás.

—Ahora dices eso, pero, de todos modos, vas a estar siempre de viaje.

Él negó con la cabeza.

—Tenemos que hablarlo, pero se ha terminado eso de pasarme la vida trabajando. No quiero terminar como mi padre, aunque aquello no fue solo por culpa del trabajo. Si Claudio no hubiese estado tan enamorado de él, nada de aquello habría ocurrido.

Ella lo miró boquiabierta.

—¿Estaba enamorado de él?

—Eran amantes. Yo me enteré después del funeral, pero por respeto a mi madre nunca se lo he contado a nadie.

Ruby entendió de repente lo que ocurría. Claudio se había dejado llevar por los celos y Coral nunca le había contado a nadie que su marido era homosexual, pero debía de haber sufrido mucho.

—¿Quieres decir que aquello es lo que hizo que tu padre se refugiase en el alcohol?

—Quiero decir que mi padre estaba hecho un lío. Entregó toda su vida al banco y a su familia, pero en el fondo no era feliz y eso fue lo que lo mató. Claudio acaba de hacer pública su homosexualidad y por eso ha perdido varios clientes.

—¿Cómo es posible que haya personas que todavía no lo acepten? Es ridículo. Después de todas las cosas que hizo mal, ahora lo están castigando por ser quién es.

—Sí y yo quiero salvar el banco, pero no con personas así, de modo que he tomado una decisión.

—¿Qué decisión?

—Que si Arturo quiere la fusión, muy bien. Y, si no la quiere, también. Porque yo voy a sacar el banco a bolsa y voy a poner a alguien al frente para que lo dirija. No voy a perder mi vida en él.

—¿Y qué vas a hacer entonces?

Él entrelazó sus dedos con los de ella. Sus alianzas brillaron bajo la luz del sol.

–Hay varias opciones, pero eso depende de ti. Vamos a tener un bebé. Uno de los dos va a tener que cuidarlo cuando el otro se marche a trabajar. Si tú quieres bailar, yo me quedaré en casa. Si tú quieres quedarte en casa, yo me iré a trabajar. Podemos vivir donde tú quieras, podemos elegir.

Ella lo miró y vio en su rostro un brillo nuevo. Había esperanza en su mirada.

–Me alegro mucho por ti, Matteo. Supongo que ha sido muy duro tomar esa decisión, pero me parece la mejor noticia del mundo.

–Me parece que todavía no lo has entendido bien, Ruby. Hoy es el día más feliz de mi vida. Me has hecho el hombre más feliz del mundo. Y no me importa nada más.

–¿Me amas? –le preguntó ella.

–¿Que si te amo? Sí. Nunca había conocido a una mujer como tú. Eres fuerte y me has apoyado en todo, has estado dispuesta a sacrificarte por nuestra pequeña familia y jamás lo olvidaré.

Ella tragó saliva.

–Me pediste que fingiese que te amaba, pero no necesito fingir.

–Yo tampoco. Tenemos toda la vida por delante. Decidiremos lo que vamos a hacer pensando siempre en nuestra hija.

Ruby asintió.

–Mi padre… –le dijo–. No te lo he contado, ni a ti ni a nadie, pero nunca lo conocí. Solo sé su nombre y donde nació. ¿Me ayudarás a encontrarlo?

Él la abrazó.

–Me alegro mucho de que me lo hayas contado. Lo

encontraremos juntos. Y Coral te apoyará tanto como a mí.

Ella sonrió contra su pecho. Asintió.

Y susurró unas palabras que por fin entendía.

—Los amantes no se encuentran en ningún lugar. Se encuentran el uno al otro todo el tiempo…